U0123047

閱讀素養即戰力

跨越古今文學，提升閱讀與寫作力的30堂故事課

高詩佳 著

推薦序

剖析經典，自我叩問的三十堂高老師國文課

《人生路引》作者 楊斯棓醫師

我第一本著作《人生路引》出版後，無論是上電台受訪或舉辦書友會時，主持人或書友總愛問我：「關於閱讀，我們能不能主張隨便讀點什麼都好？」

你想讀點什麼，甚至不讀，其實是你的自由。

但換個角度想，若把閱讀的眾素材比喻成一片汪洋，「有讀就好」的態度恰似駕一葉扁舟，載浮載沉，隨遇而安，這當然可以是一種選擇，但你也可以胸懷哥倫布！

關乎閱讀，我們若粗分為應付考試跟無關考試兩大類，人的體力有限，有些人擅長把體力集中在應付考試的相關書本上（李敖筆下的施啟揚是一例），讀得精熟，熟到什麼程度呢？郝明義先生曾描述：「用力讀書，教科書上根本不值得去記的一

些瑣碎資料，也成了擔心成為題庫的可能，於是用力筆而記之，背而頌之。」

是以，上述這類人中，有些人成年前的心神被考試消磨過度，通過人生階段性大考後，再也無動機與力氣拾起書本。輕則棄書而去，重則燒書洩憤。書本對他的唯一意義就是應考，你瞎著急的說讀書至少還有一百個意義，他一個都不信。

如果成年後沒有被考試搞壞了閱讀的胃口，仍得考慮我們體力有限，也得未雨綢繆，不能過度用眼，剩下的時間其實屈指可數。盡量留給經典，或許是一個可稱之精打細算後的決定。

我早先如此持論，尚感一絲心虛。

郝先生在其著作《閱讀者》的一段話，讓我壯了膽。他分享個人經驗：「除了工作之外，自己閱讀的書，也越來越集中到經典——尤其是年代很久遠的經典。」

黃國珍老師也很推崇的義大利作家卡爾維諾，在《為什麼讀經典》一書中幫經典下了十四個定義，郝先生特別喜歡最後兩個，第十三個是：經典是將現代的噪音貶謫為嗡嗡作響的背景之作品，不過經典也需要這些噪音才能存在。

郝先生教人用 fasion 抽換掉噪音一詞。抽換之後，讓人更理解經典，也更明白 fasion 一詞的意義。

高詩佳老師的《閱讀素養即戰力》是一本指引我們何謂經典，還教我們要如何活讀活用經典的好書。

一字不漏的背下經典的重要段落，是我成長過程中國文老師要求的一大重點，譬如台中一中的國文月考，總有四十分是考默寫課文。

高老師娓娓道來，教我們不只滿足於背誦或看過這個故事，而要試著看懂（而非曲解或瞎說）。高老師還設計表格叩問讀者，請讀者拿起筆來，寫下感悟，讓經典故事變成我們思想土壤的養分。

這本書的適讀對象是全年齡層。

保持閱讀習慣的成年人，不容易跟時代脫節，明辨消息來源，不掉入他人挖坑打造的致富陷阱。

保持寫作習慣的老年人，住老人院也不孤單，我手寫我口，日日見聞，世界盡在我筆下。

推薦序

社群時代，我們需要的閱讀、寫作力

國立虎尾科大通識中心專任教授　王文仁

這幾年，搶救「爛中文」已成了全民皆有共識的國家級任務！日常生活裡的「語言癌」，從不斷使用「然後…然後…然後」，到開口閉口必稱「幫您做一個XXX的動作」，不是累贅，就是沒有邏輯可言。打開電視新聞，看到大量的錯別字與怪句子，就會讓人懷疑記者是不是根本沒讀書。就連幾天前，在付費影音平台上收看韓劇《Voice》，都會看到把「千斤頂」翻譯成「截肢器」的謬誤。只能說，這種對文字、語言的輕忽，實在是誇張的澈底！

在這個社群時代，我們的確大量仰賴影像、聲音的傳播，但也不可否認，諸如元首、意見領袖乃至於平民百姓，在媒體上短短的一則文字貼文，都可能引起國家、社會極大的震動。語言、文字用對了，可以創造出良善的正向循環；用錯了，卻也可能像漫威電影裡的薩諾斯（Thanos）一樣，毀掉二分之一的宇宙。

在台灣，一九八〇、九〇世代的人，都還有機會接觸到較多的紙本；二〇〇〇年後出生的孩子，完全就是在影音、手遊的環境中長大。他們的生活裡，若摒除掉考試的因素，幾乎就沒有閱讀、寫作可供置喙的餘地。實際上，也是要到了出社會後，他們才會驚覺：「原來這兩種能力的不足，有可能影響一輩子的幸福。」

日常裡可見，好的影音呈現，背後需要好的劇本與內容。完美的商業文書與企劃報告，缺乏精煉、有效的寫作力，殊難完成。難看如天書的技術報告與產品說明書，絕對會讓人看了厭世。簡單的口語表達和e-mail書寫，也少不了寫作力的運用。不會讀、不會寫、不懂得表達，除了工作、職涯發展受阻礙外，就連在社群媒體上，也很難創造自己的影響力，成了新時代的「媒體啞巴」！

拯救閱讀和寫作力的議題，在社會端有著實務的生存需求；至於在教育體系裡頭，則是希望透過考試的引領與課程的改革，有效提昇大家對於中文讀寫教育雙軌並進的重視。因此，從考題長度的不斷增長，到把寫作題獨立出來測驗，都是在要求學子，不但要學會抒情的表達，也要有說理、辨析、延伸思考的能力。

兩年多前，協助詩佳老師規劃《寫作課》（二〇一九）時，我們的目標就是在打造一本雙軌並進，「內化閱讀經驗，累積寫作實力」的好書。兩年後，她又進一步完成了《閱讀素養即戰力》，透過【引導式閱讀理解】與【實戰寫作演練】的雙軌設計，將跨越古今文學的三十篇經典名著，打造成精采絕倫的三十堂故事課。

身為一位大學的國文科教師，我深知閱讀與寫作力在網路時代的重要性，也常提醒學生，要把所學的東西，跟生活、生命結合起來。讀詩佳老師的這本書，除了可以有效的強化閱讀與寫作力外，也能夠進一步的去感受，劉備如何「三顧茅廬」，關羽怎樣「刮骨療毒」，孔明何以「空城計退兵」，魯迅如何用〈狂人日記〉描寫世代人的瘋狂。這些經典故事看似遙遠，背後所傳達的智慧和警世意味，卻也值得現在的我們，反覆咀嚼與回味。

自序

乘著經典的羽翼，培養跨越古今的故事力！

為什麼故事最能打動人心？

多少年來，劉備「三顧茅廬」請孔明出山的故事，一直深植人心，成為賢才得遇明主的佳話；英勇的關公一邊下棋，一邊「刮骨療毒」絕不喊痛的畫面，也成為大眾心目中英雄的典型形象；更不用說，孔明面對司馬懿的大軍進攻，竟然能從容不迫的擺出「空城計」應對，不費一兵一卒成功退兵，更是許多電視、電影、電玩必定收入的經典橋段。

我們也沒有忘記，「王小玉說書」時，她啟朱唇、發皓齒，精采的表演有多麼的震撼人心；而「范進中舉」時瘋癲的模樣，除了使人深深的感受到科舉的弊病，岳父胡屠戶的現實勢利與當頭棒喝，更是引人深思。

這些藏匿在經典文學裡的故事，總是如此精巧而又深刻迷人，裡頭所蘊含的生命智慧，以及對現實的諷喻，更值得我們反覆的品味與追尋。只可惜，因為古今語言的隔閡，大家在閱讀這些故事時，總會面對不小的阻礙。為了讓喜愛經典的朋友們，能夠用輕鬆、寫意的方式，穿越時空的阻隔，進入古今文學美妙的殿堂，我特意挑選了其中最經典的篇章，結合閱讀與寫作的訓練，讓學子們能夠沉浸其中，潛移默化的受惠。

根據我的統計，這些入選的經典作品，也常是各大考考題的重要來源。比如說《紅樓夢》，就長期獲得大學學測和指考命題委員的青睞，從二〇〇二、二〇〇五、二〇〇六、二〇〇九、二〇一〇、二〇一二、二〇一四、二〇一五、二〇一九、二〇二〇、二〇二一這十一年來，總共出了十六道考題，還有一題是出現在選項中。進一步研究這些題目，有十一題是在課本之外，散見於《紅樓夢》的其他段落。

除了《紅樓夢》，諸如《三國演義》、《水滸傳》、《儒林外史》、張愛玲的〈紅玫瑰與白玫瑰〉等跨越古今的經典文學，也都會出現在大考中；而魯迅的〈孔乙己〉、〈狂人日記〉，更是許多高中必選閱讀的經典。所以，藉由這些作品來強化閱讀力與寫作力，可以說是一舉數得。

有鑑於此，我精心撰寫了這本**《閱讀素養即戰力：跨越古今文學，提昇閱讀與**

寫作力的30堂故事課》，在書中設計了一套單元，讓讀者能夠有效的提昇素養力：【故事課】提綱挈領的帶你認識說故事的原則。【讀經典故事】精選經典文學中的精采段落，原汁原味的呈現故事的樣貌，另有詳盡的【注釋】輔助閱讀。在【引導式閱讀理解】單元，由詩佳老師講授故事的精采之處，同時解析大師們的寫作方法，達到**「閱讀素養與寫作引導，雙軌並進」**的學習目標。【3分鐘說故事】由詩佳老師親自示範如何向大師們學習寫作。最後是【實戰寫作演練】，讓你隨著引導，也能創作出自己的故事。

這樣的設計安排，使得閱讀的過程充滿趣味，讀者也將與我乘著經典的羽翼，在這三十堂迷人的故事中，培養出跨越古今的故事力！

目錄

卷一

那些《三國演義》與《紅樓夢》教會我們的事

《西遊記》與《水滸傳》的人性試煉場

諷刺小說裡的警世寓言和顛倒人生

卷四

張愛玲和魯迅的經典故事課

卷一

那些《三國演義》與《紅樓夢》教會我們的事

01 千呼萬喚始出來，主角總在最壓軸：劉備三顧茅廬

【故事課】

想說一個精采的故事，對主角的登場就要特別設計。要讓主角看起來獨特，就需要許多配角先在前面烘托，使故事的氛圍蒙上懸疑和傳奇的色彩。

擅長說故事的人，會將主角放在壓軸的位置，讓讀者屏息以待，等到最後一刻，主角才驚豔登場！

【讀經典故事】

明．羅貫中《三國演義．三十七回　司馬徽再薦名士，劉玄德三顧草廬》節錄

1. 地靈、人傑，互相呼應

（玄德）遂上馬，行數里，勒馬回觀隆中景物，果然山不高而秀雅，水不深而澄清；地不廣而平坦，林不大而茂盛；猿鶴相親，松篁交翠[1]，觀之不已。

2. 往來無白丁

忽見一人，容貌軒昂，丰姿俊爽，頭戴逍遙巾，身穿皂布袍[2]，杖藜從山僻小路而來[3]。玄德曰[4]：「此必臥龍先生也[5]。」急下馬向前施禮，問曰：「先生非臥龍否？」其人曰：「將軍是誰？」玄德曰：「劉備也。」其人曰：「吾非孔明，乃孔明之友：博陵崔州平也。」

3. 聆聽歌詞，知孔明志向

玄德正看間，忽聞吟詠之聲，乃立於門側窺之，見草堂之上，一少年擁爐抱膝，歌曰：「鳳翱翔於千仞兮[6]，非梧不棲；士伏處於一方兮，非主不依。樂躬耕於隴畝兮，吾愛吾廬。聊寄傲於琴書兮[7]，以待天時。」

玄德待其歌罷，上草堂施禮曰：「備久慕先生，無緣拜會。昨因徐元直稱薦[8]，敬至仙莊，不遇空回。今特冒風雪而來。得瞻道貌，實為萬幸！」那少年慌忙答禮曰：「將軍莫非劉豫州[9]，欲見家兄否？」玄德驚訝曰：「先生又非臥龍耶？」少年曰：「某乃臥龍之弟諸葛均也[10]。」

孔明終於現身！

（玄德）望堂上時，見先生翻身將起——忽又朝裡壁睡著。童子欲報。玄德曰：「且勿驚動。」又立了一個時辰，孔明纔醒，口吟詩曰：「大夢誰先覺？平生我自知。草堂春睡足，窗外日遲遲。」

孔明吟罷，翻身問童子曰：「有俗客來否？」童子曰：「劉皇叔在此，立候多時。」孔明乃起身曰：「何不早報！尚容更衣。」遂轉入後堂。又半晌[11]，方整衣冠出迎[12]。玄德見孔明身長八尺，面如冠玉[13]，頭戴綸巾[14]，身披鶴氅[15]，飄飄然有神仙之概。

【注釋】

1. 松篁交翠：松與竹交錯成一片青蔥翠綠。篁，音黃。
2. 皂：黑色。
3. 杖藜：拄著以藜木製成的手杖。
4. 玄德：劉備（西元一六一～二二三年），字玄德，河北涿縣人，漢景帝之子中山靖王劉勝的後代，又稱劉皇叔，為三國蜀漢開國君王。

5. 臥龍先生：孔明自號。比喻隱居而未顯達的曠世奇才。
6. 千仞：古制八尺為一仞，形容非常高。
7. 寄傲：寄託曠放高傲的本性或情懷。
8. 徐元直：徐庶，字元直，原名福，出身寒門單家，《三國演義》將徐庶的本名誤植為單福。豫州潁川長社（今河南長葛）人。
9. 劉豫州：劉備曾任豫州刺史，因稱之。
10. 諸葛均：琅琊陽都（今山東省沂南縣）人，三國時期蜀漢官員，諸葛瑾、諸葛亮的三弟。
11. 半晌：一會兒、片刻。晌，音賞。
12. 衣冠：衣服和帽子。冠，音官。
13. 面如冠玉：形容男子面貌俊美，有如鑲飾在帽上的美玉。
14. 綸巾：以青絲帶做成的頭巾，一名諸葛巾。綸，音官。
15. 鶴氅：用鶴羽製成的外衣，又叫神仙道士衣。氅，音廠。

【引導式閱讀理解】

諸葛亮，字孔明，是《三國演義》的主角之一，也是羅貫中花最多筆墨，用神話的筆法渲染的歷史人物。文學家魯迅曾評論：「狀諸葛之多智而近妖。」意思是

《三國演義》為了誇大孔明的足智多謀，加上許多神怪的描寫。

作者為了孔明的登場，可說費盡苦心，他將孔明的形象設定為軍師、道士與神仙的混合體，所以在他出場前，就先安排劉備在前往隆中的路上，遇到幾位氣質脫俗、仙風道骨的隱士，而這些人都是孔明的親友，被劉備誤認為孔明。

隨著劉備逐漸靠近臥龍岡，所遇到的對象跟孔明的關係也越來越近。他先後遇到孔明的好友、岳父，最後見到孔明的弟弟，逐步接近主角。這時，讀者對孔明本人的期待也到達頂點了，於是他翩然現身，滿足了我們的想像。

故事中說，徐庶、司馬徽向劉備推薦孔明，劉備便踏上了「三顧茅廬」之旅，這段傳奇故事讓我們先對孔明引發了好奇。接著「一顧」、「二顧」，則藉著人們傳唱孔明作的歌，透露他渴望明主的心情，進而牽起劉備、孔明的緣分。

現在，就讓我們來看「三顧茅廬」中，如何活靈活現的描寫孔明的登場：

什麼人，住什麼地方

一個人的居所，往往反映他的身分與格調。孔明居住的「隆中」被描繪得有如

仙境，就會讓我們直覺的想到孔明是個神仙般的隱士。

這段景物寫得如詩如畫，從劉備踏入臥龍岡時覺得「清景異常」，到最後他離開「勒馬回觀」的描述，都讓人聯想到劉禹錫在〈陋室銘〉中所說的：「山不在高，有仙則名；水不在深，有龍則靈。」這景色中的仙境意象，連帶的烘托出孔明的神仙形象，至於「臥龍」的稱號，也顯現出他的卓爾不凡。

不凡的配角襯托主角的不凡

劉備進入隆中後，毫不停留的往孔明住處的方向走去，一路上將幾位孔明的親友陸續誤認為孔明，其中，誤認「丰姿俊爽」的崔州平就是一例。

不只如此，劉備還把「道貌非常」的司馬徽、「白面長鬚」的石廣元、「清奇古貌」的孟公威、「騎著一驢後隨一青衣小童」的黃承彥通通誤認為孔明，只因這些人個個樣貌不凡。

透過這幾位人物的烘托，我們自然而然認為孔明平日「談笑有鴻儒，往來無白丁」，這不僅強化了他超越凡俗的形象，也讓人更期待他的登場。

詩言志，從歌詞聽出志向

接著，再藉由孔明的親友傳唱他所作的歌，來表明他的志向。故事中引用的歌詞，是由孔明的弟弟諸葛均所唱，講的是：「名士隱居在不為人知的地方，除非遇到英明的君主，否則不會出仕，如同鳳凰只願意棲息在最高的梧桐樹上。」

歌詞訴說「良禽擇木而棲」的道理，孔明正等待適合的明主，他不是一個澈底的「隱士」。又如石廣元、孟公威所唱的：「壯士功名尚未成，嗚呼久不遇陽春。」所有歌詞都暗指孔明渴望明主，想要建功立業的志向。

壓軸人物現身！

劉備費了一番工夫終於見到孔明，孔明的形象果然符合前面的種種鋪陳。從劉備的視角，我們見到孔明的身材高大、容貌俊美，穿著打扮也符合隱士的形象，而「有神仙之概」，更是暗指他擁有神仙、道士的能耐。

小說後面有許多篇章描述孔明登祭壇、借東風等神奇的事蹟，並有星象占卜、

木牛流馬、八陣圖等近乎神異的手段，正與這些鋪陳吻合。

這種寫法是不是很有趣？我們也可以試著在人物出場前先做一些鋪陳，累積期待的能量，這麼一來，主角的形象將深植人心，令人深深著迷。

【3分鐘說故事】晨光中的母親

早晨的第一道陽光照在陽台的蘭花盆上，花瓣驕傲的迎向朝陽，帶著雨露的清新。當陽光照亮每家每戶，我家的客廳自然也遍布了霞光。

媽媽設計製作的蕾絲窗簾輕輕擺動，地上的光影顯得零零碎碎的。我們坐在客廳裡欣賞日出，小阿姨端了一盤炒蛋和一杯牛奶給我，她溫柔的摸我的頭，要我趁熱吃，陽光照在她的臉上，她白皙的臉像天使一般。

這時，媽媽從廚房走出來了，她擁有一張和小阿姨相似的臉，像晨光一樣白皙溫暖，集清新、優雅、美感於一身，每天帶來最美好的愛和撫慰。

寫作分析：

故事先從早晨的陽光開始，以溫暖、清新為故事定調，也呼應媽媽的氣質。接著配角小阿姨出現了，小阿姨對孩子的溫柔照料，讓我們想像小阿姨與媽媽除了有相似的臉孔，也同樣對孩子富有愛心。最後，媽媽終於出現了，開頭的「晨光」與媽媽宛如晨光白皙的臉連結在一起，使得整段故事前後呼應，成為完美的圓。

【實戰寫作演練】

請參考〈劉備三顧茅廬〉和〈晨光中的母親〉，為人物設計好看的**登場故事**，並寫成一篇**兩百五十字以內**的短文：

1. 設定**主角**，描述他的**身分**、**氣質**和**性格**。

2.設定**配角**，描述他的身分、氣質和性格，要與主角有**相似性**，以烘托主角。

3.選擇一個**景色**或一首歌的**歌詞**，作為故事的**開頭**，內容反映**主角**的內心。

4. 請將上面的寫作材料整理好，寫成一篇**兩百五十字以內**的短文。

02 意志與勇氣，打造最強英雄人物：關羽刮骨療毒

【故事課】

英雄是人，但與我們不同的是，他們是超凡入聖的人物。每個成功的英雄都有著人性面，這通常是他們的弱點，卻也使他們更加具有魅力。

如果你的英雄是個刀槍不入、戰無不勝的傢伙，那他肯定是個機器人，而且很難引發讀者的共鳴。

【讀經典故事】

明．羅貫中《三國演義．七十五回　關雲長刮骨療毒，呂子明白衣渡江》節錄

公袒下衣袍[1]，伸臂令佗看視[2]。佗曰：「此乃弩箭所傷，其中有烏頭之藥[3]，直透入骨，若不早治，此臂無用矣。」公曰：「用何物治之？」佗曰：「某自有治法。——但恐君侯懼耳。」公笑曰：「吾視死如歸，有何懼哉？」佗曰：「當於靜處立一標柱，上釘大環，請君侯將臂穿於環中，以繩繫之，然後以被蒙其首。吾用尖刀割開皮肉，直至於骨，刮去骨上箭毒，用藥敷之，以線縫其口，方可無事。——但恐君侯懼耳。」公笑曰：「如此，容易！何用柱環？」令設酒席相待。

公飲數杯酒畢，一面仍與馬良弈棋[4]，伸臂令佗割之。佗取尖刀在手，令一小校捧一大盆於臂下接血[5]。佗曰：「某便下手[6]，君侯勿驚。」公曰：「任汝醫治[7]，吾豈比世間俗子，懼痛者耶！」佗乃下刀，割開皮肉，直至於骨，骨上已青；佗用刀刮骨，悉悉有聲。帳上帳下見者，皆掩面失色。公飲酒食肉，談笑弈棋，全無痛苦之色。

須臾[8]，血流盈盆。佗刮盡其毒，敷上藥，以線縫之。公大笑而

起，謂眾將曰：「此臂伸舒如故，並無痛矣。先生真神醫也！」佗曰：「某為醫一生，未嘗見此。君侯真天神也！」

【注釋】

1. 公：指關羽（？～西元二一九年），字雲長，三國蜀河東（今山西解縣）人。漢末三國時劉備的重要將領，為人忠直仁義，廣受民間崇祀，尊為「關公」。袒：音坦，裸露。
2. 佗：作者假托華佗的名字，實際上華佗當時已被曹操所殺。
3. 烏頭：藥用植物名，就是附子，莖、葉、根都有毒。
4. 馬良：字季常，宜城（今安徽省懷寧縣）人，兄弟五人中以良最有才名。劉備稱帝後，任用良為侍中，後追隨劉備征吳遇害。
5. 小校：兵士。
6. 某：我，古代男性自稱。
7. 汝：你。
8. 須臾：片刻、暫時。臾，音於。

《三國演義》裡有許多英雄人物的故事，其中的關羽「刮骨療毒」，最令人印象深刻。作者藉著關羽中毒箭的事件，以及痛苦的治療過程，來表現他面對磨難時的態度；而這些態度的總結，就是一位英雄人物的肖像畫。

電影中的英雄人物，之所以受到觀眾的崇拜和喜愛，就在於他們總是無所畏懼，願意為了某個崇高的目標奉獻自己。好比關羽，是為了對抗曹操而在戰場上被毒箭射中，儘管身受重傷仍不退縮，展現英雄的氣概。在關羽受傷回營後，他「恐慢軍心」，不肯退兵接受治療，讓我們看到他顧全大局的苦心。

關平等人自然焦急不已，這時名醫華佗忽然現身，主動來醫治關羽。華佗先解釋手術的程序：開刀前，必須在柱子釘上套環，將手臂穿過並用繩子綁緊，以免病人掙扎；還要在病人的頭上蓋被，才不會看到血淋淋的「刮骨」實況。

就醫學來說，這是相當合情合理的安排，然而關羽可不同於一般人，他比常人還要有膽量、有忍耐力，他不但拒絕綁縛，還在開刀時喝酒、下棋，令旁觀者嘆服不已！作者安排這段情節，簡直就是為了讓關羽有展現英雄氣概的機會。

假如我們也想塑造英雄人物，就可以先理解故事的幾層意義：

英雄也是血肉之軀

要在故事中打造一個英雄，最高明的寫法，就是讓英雄在本質上與我們相同：都是血肉之軀，也會疼痛、受折磨，身心承受的煎熬並不亞於我們。之後，當他們表現出強大的意志和忍耐力克服困難，我們才會由衷的佩服他們。

所以，作者寫關羽在手術時「喝酒」，藉著酒精麻痺自己，這樣的舉止刻畫，顯示關羽並非不怕痛，他也是個血肉之軀。接著寫關羽「下棋」，表現他為了轉移注意力，好讓自己重新獲得控制感，控制心志和身體。

我們可以發現，因為關羽在戰場上的歷練，他對疼痛有獨到的應對方式，這樣的解讀，讓我們對關羽的內在有了更進一步的瞭解。

英雄是先天本質

英雄對自己的定位自然與眾不同，關羽說他不是「世間俗子」，表示他對自己的定位就是個「英雄」，當然要有英雄的格局！更何況所有的將士都在一旁，將軍必須英勇，才能鼓舞所有人；而他做到了，得見他的「超凡」。

再來看這場手術：手術並沒有麻醉，過程血淋淋的十分恐怖，疼痛可想而知。透過旁觀者掩面失色，對照關羽談笑自若、視死如歸的氣魄，這就是英雄的意志與勇氣。同時，鮮血裝滿了整個臉盆，關羽卻渾若無事，表示他的身體健壯、體質良好，失血雖多卻支撐得住，在先天本質上就具有成為英雄的條件。

英雄是超凡入聖

英雄的特質之一，就是他們總會把痛苦掩飾得雲淡風輕。關羽在經歷極為痛苦的手術後，仍然能笑著站起來，並不是他不怕痛，而是他的精神意志已經超越了肉體的疼痛。最後他的這番大笑，在氣勢上完全征服了讀者。

結尾再透過名醫華佗之口，讚美關羽像個「天神」，就更有說服力了。

你的生活周遭有誰具有英雄的特質？不妨利用一個事件，寫出這位「英雄」的

所作所為，以及他令人景仰之處。

【3分鐘說故事】我心中的英雄

他指著一個正要下水的瘦小孩子說：「這裡是大人池，不是你玩的地方！」那「孩子」便拿出身分證說：「我十八歲了，只是長得比較瘦小。」他只好由那人下水，但是他不敢鬆懈，仍然用鷹一般的銳眼，眼觀四面、耳聽八方。

忽然，他看到泳池中水花四起，便毫不猶豫的飛身跳進泳池，伸手一抓，抓到溺水者的手臂往上提起，一看，原來是方才那個瘦小的泳客。那人嚇到說不出話來。他大罵：「你不太會游泳，最好別去太深的地方！」罵完了，就將那人帶到岸上，又回到泳池邊繼續緊盯。那人感激的看著他。

這是我爸爸的故事，他是一位盡責的救生員。

寫作分析：

文章藉由一則救人的事件，呈現主角的英雄行為，焦點放在主角「外冷內熱」的性格描繪上。首先用「鷹」形容他監看泳池的模樣，他的眼神銳利，態度認真，對於可能跑錯泳池的人，毫不放過，這是「外冷」。最後他開口罵人，實際上是關心對方，表現出「內熱」的一面。這樣，一位池邊英雄的形象就勾勒出來了。

【實戰寫作演練】

請參考〈關羽刮骨療毒〉和〈我心中的英雄〉，塑造一個英勇的**英雄人物**，並寫成一篇**兩百五十字左右**的短文：

1. 決定主角的身分，描述他的**性格**以及擁有什麼不凡的**特質**。

2.描述你想要透過什麼**事件**，讓主角發揮**英雄氣概**或做出**英勇舉動**。

3.你的英雄在個性上有什麼**弱點**？他如何**克服**？

4. 請將上面的寫作材料整理好，寫成一篇**兩百五十字左右**的短文。

03 從平凡無奇中，見不平凡之處：曹操煮酒論英雄

【故事課】

真正的高手，都懂得深藏不露的道理。

在故事中，主角遇到危機了，往往必須隱藏鋒芒，讓自己看起來平凡一些，才能平安無事。

在這段時期，主角會受到試探、侮辱或攻擊，雖然處於弱勢，讀者們反而更加期待他的奮起。

而這份期待，就是使故事變得好看的重要關鍵！

明．羅貫中《三國演義．二十一回　曹操煮酒論英雄，關公賺城斬車冑》節錄

酒至半酣，忽陰雲漠漠[1]，驟雨將至。從人遙指天外龍掛[2]，操與玄德凭欄觀之。操曰：「使君知龍之變化否[3]？」玄德曰：「未知其詳。」操曰：「龍能大能小，能升能隱：大則興雲吐霧，小則隱介藏形[4]；升則飛騰於宇宙之間，隱則潛伏於波濤之內。方今春深，龍乘時變化，猶人得志而縱橫四海。龍之為物，可比世之英雄。玄德久歷四方，必知當世英雄。請試指言之。」

玄德曰：「備肉眼安識英雄[5]？」操曰：「休得過謙。」玄德曰：「備叨恩庇[6]，得仕於朝。天下英雄，實有未知。」操曰：「既不識其面，亦聞其名。」玄德曰：「淮南袁術[7]，兵糧足備，可謂英雄？」操笑曰：「塚中枯骨[8]，吾早晚必擒之！」玄德曰：「河北袁紹[9]，四世三公[10]，門多故吏，今虎踞冀州之地[11]，部下能事者極多，可謂

英雄？」操笑曰：「袁紹色厲膽薄[12]，好謀無斷[13]；幹大事而惜身，見小利而忘命：非英雄也。」玄德曰：「有一人名稱八駿，威鎮九州——劉景升可為英雄[14]？」操曰：「劉表虛名無實，非英雄也。」玄德曰：「有一人血氣方剛，江東領袖——孫伯符乃英雄也[15]？」操曰：「孫策藉父之名，非英雄也。」玄德曰：「益州劉季玉，可為英雄乎？」操曰：「劉璋雖係宗室，乃守戶之犬耳[16]，何足為英雄！」玄德曰：「如張繡、張魯、韓遂等輩皆何如？」操鼓掌大笑曰：「此等碌碌小人[17]，何足掛齒！」玄德曰：「舍此之外，備實不知。」操曰：「夫英雄者，胸懷大志，腹有良謀；有包藏宇宙之機，吞吐天地之志者也。」玄德曰：「誰能當之？」操以手指玄德，後自指，曰：「今天下英雄，惟使君與操耳。」

玄德聞言，吃了一驚，手中所執匙箸，不覺落於地下。時正值天雨將至，雷聲大作。玄德乃從容俯首拾箸曰：「一震之威，乃至於此。」操笑曰：「丈夫亦畏雷乎？」玄德曰：「聖人迅雷風烈必變[18]，安得不畏？」將聞言失箸緣故，輕輕掩飾過了。

【注釋】

1. 漠漠：昏暗的樣子。
2. 龍掛：指龍捲風。古人缺乏科學知識，以為是施雨的龍在下掛吸水。
3. 使君：對官吏、長官的尊稱。
4. 隱介藏形：隱藏形體。
5. 安：如何。
6. 叨：音掏，受人好處。
7. 袁術：（？～西元一九九年）字公路，袁紹堂弟，東漢汝陽人。獻帝時據壽春，領揚州事，稱帝，自號仲家，後敗死。
8. 塚：音種，墳墓。
9. 袁紹：（？～西元二〇二年）字本初，東漢汝陽人。曾起兵討董卓，後據河北，與曹操戰於官渡，大敗，發病而死。
10. 三公：東漢以太尉、司徒、司空為三公。
11. 虎踞：比喻以極優越的條件或地位雄據一方。
12. 色厲：表情強硬、嚴肅。
13. 好謀無斷：勤於思慮而缺乏判斷能力。
14. 劉景升：劉表（西元一四二～二〇八年），字景升，東漢山陽高平人。漢獻帝時為荊州刺史，愛民養士，不與他人爭雄。曹操帶兵來攻，兵尚未至，劉表便疽發背而死。

15. 孫伯符：孫策（西元一七五～二〇〇年），字伯符，吳郡富春人。三國時吳主孫權之兄。父堅戰死，策整軍渡江，所向皆破，遂定江東之地，後中箭傷重而卒。
16. 耳：罷了、而已。
17. 碌碌：平庸的樣子。
18. 迅雷風烈必變：出自《論語》。孔子遇到雷電暴風，必定改變容色，表示對上天的敬畏。

【引導式閱讀理解】

這段「曹操煮酒論英雄」，透過劉備、曹操的問答與互動，讓我們看見深藏不露的劉備。故事說，劉備參與反抗曹操的行動，必須低調；同時他正依附曹操，自然沒忘記曹操生性多疑，在這情況下，勢必要含藏內斂，才能免於殺身之禍。

當時曹操「挾天子以令諸侯」，而劉備一沒有地盤，二沒有兵馬，勢力還不成熟，怎麼敢一爭鋒芒？況且他意圖「謀反」，此時偽裝成普通人，才是最聰明的掩護，讀者們都想看看劉備怎樣偽裝，怎樣度過危機。

在故事中，劉備與曹操一問一答之間充滿了戲劇的張力，我們能夠明顯的感受到曹操的氣勢處處壓過劉備，甚至讓劉備嚇掉了筷子。如果在閱讀時，輕易嘲笑劉備膽小懦弱，就落入了作者的圈套。劉備心中有鬼，當然會驚慌，但是他面對危機能從容應對，才是最令人讚賞的，閱讀時千萬不要「劃錯重點」。

總結來說，劉備最厲害的一招就是「裝無知」，這體現在三個方面：

裝笨，並不容易

曹操是有雄才大略的人，有心試探劉備，於是藉著天上的「龍掛」，將話題引導到象徵皇權的「龍」，問劉備「知龍之變化否」，是他給劉備的第一道考題。劉備的反應則是偽裝成平庸的人，但他真的那麼平庸嗎？

我們都知道，劉備後來成為蜀漢政權的開創者，絕不是泛泛之輩。但是在危急時刻，他立刻低調的推說不知道，將表現的機會留給曹操，同時說自己能夠入朝為官，完全是曹操的庇護，言下之意，是他沒有任何本領。這裡我們可以看見作者撰寫對白的功力，每句話都蘊含著深刻的意義。

曹操意氣風發，劉備老謀深算

接著，話題就從「龍」帶到了「英雄」。曹操說劉備「必知當世英雄」，要他舉幾個例子，這是第二道考題。劉備又推說不知道，但是曹操緊迫盯人，劉備只好故意提出幾個稱不上英雄的人物，再被曹操一一推翻。

作者描寫兩人的互動，也相當有趣。劉備一味低調，曹操卻相當高調，從「操笑」、「操鼓掌大笑」，我們能看到曹操的自信。曹操頻發豪語，說袁術是「塚中枯骨」，遲早被他所擒，又說劉璋是「守戶之犬」，相當得意。

劉備與曹操，一個看似弱勢，但城府很深；一個看來強勢，但其實受到劉備的欺瞞而不自知，正是極好的對比。

隨機應變能力強

後來曹操突然指劉備是英雄，劉備大驚，以為偽裝已經被識破而掉落筷子，露出破綻，這是第三道考題。幸好突然一聲雷響，才讓劉備有掩飾破綻的機會。作者最後藉著劉、關、張的對話，呈現劉備心中的盤算。劉備的心機，與他最親近的關、張和厲害的曹操都看不透，足見他的老謀深算。

作者的人物塑造相當成功，故事的戲劇性和節奏感也拿捏得恰到好處。我們可以模仿一下，利用一個事件和巧妙的對白，塑造類似的人物。

【3分鐘說故事】一鳴驚人

場內正如火如荼的進行歌唱比賽，參賽者的心都像在油鍋上煎著。

曉琴拍著額頭說：「聽說有的人沒有教練，天！我的教練是專業歌手，我無法想像沒有他該怎麼辦！」雅茹嘆了口氣，說：「我的教練快放生我了，說我只是陪榜的，因為太好命，老天要拿走天分。」旁邊的若蘭很沉默，曉琴問她有沒有教練，她只是搖頭；雅茹問她是否準備好了，她卻微笑不語。

終於若蘭上場了，她一開口，動人的歌聲彷彿從河的對岸飄來，像一陣清風拂過人們的心房；歡快的音符幻化成黃鶯鼓動翅膀，輕巧的掠過水面，忽而拔高，飛

向遠方，再輕輕的繞回來，棲息在人們的心巢裡。

寫作分析：

這則故事寫作的重點，就在曉琴和雅茹的對白，這兩位參賽者在上場比賽前聊天，談話的內容卻是互相較勁：一個想彰顯自己不凡的背景，另一個實力不足卻想炫耀自己的好命。低調的若蘭正好跟她們對比，她不加入聊天，只是用實力來說話。為了呼應題目「一鳴驚人」，結尾的聲音描寫必須用心經營、描摹。

【實戰寫作演練】

請參考〈曹操煮酒論英雄〉和〈一鳴驚人〉，塑造一位表面上**看來平凡**，但實際上**不平凡**的人物，並寫成一篇**兩百五十字左右**的短文：

1. 設想故事發生在什麼樣的**場景**，請約略描述一下。

2. 故事至少需要**兩到三個角色**，請介紹他們的**性格**和**背景**。

3. 請為人物們設計幾句**對白**，內容必須能表現他們的**性格**。

4. 請將上面的寫作材料整理好，寫成一篇**兩百五十字左右**的短文。

04 故事要瘋傳，「奇招」不可少：孔明空城計退兵

【故事課】

在故事中，緊張氣氛的營造是推動情節的關鍵。讀者閱讀時，會產生將要發生什麼，卻又不確定會發生的感覺，而這正是營造緊張氣氛的效果。如果這時能有奇妙的情節發生，就更好看了！它將會讓故事成為眾人瘋傳的「焦點」。

【讀經典故事】

明．羅貫中《三國演義．九十五回　馬謖拒諫失街亭，武侯彈琴退仲達》節錄

孔明分撥已定[1]，先引五千兵退去西城縣搬運糧草。忽然十餘次飛馬報到，說司馬懿引大軍十五萬[2]，望西城蜂擁而來。時孔明身邊並無大將，只有一班文官，所引五千軍，已分一半先運糧草去了，只剩二千五百軍在城中。眾官聽得這個消息，盡皆失色。孔明登城望之，果然塵土沖天，魏兵分兩路望西城縣殺來。孔明傳令，教將旌旗盡皆藏匿；諸將各守城鋪，如有妄行出入[3]，及高聲言語者，立斬；大開四門，每一門上用二十軍士，扮作百姓，灑掃街道，如魏兵到時，不可擅動，吾自有計。孔明乃披鶴氅，戴綸巾[4]，引二小童攜琴一張，於城上敵樓前，凭欄而坐，焚香操琴。

卻說司馬懿前軍哨到城下，見了如此模樣，皆不敢進，急報與司馬懿。懿笑而不信，遂止住三軍，自飛馬遠遠望之。果見孔明坐於城樓之上，笑容可掬[5]，焚香操琴。左有一童子，手捧寶劍；右有一童子，手執麈尾[6]。城門內外，有二十餘百姓，低頭灑掃，傍若無人[7]。懿看畢大疑，便到中軍，教後軍作前軍，前軍作後軍，望北山路而退。次子司馬昭曰[8]：「莫非諸葛亮無軍，故作此態？父親何故便退兵？」懿曰：「亮平生謹慎，不曾弄險。今大開城門，必有埋伏。我兵若進，中其計也。汝輩豈知？宜速退。」於是兩路兵盡皆退去。

孔明見魏軍遠去，撫掌而笑。眾官無不駭然[9]。乃問孔明曰：「司馬懿乃魏之名將，今統十五萬精兵到此，見了丞相，便速退去，何也？」孔明曰：「此人料吾生平謹慎，必不弄險；見如此模樣，疑有伏兵，所以退去。吾非行險，蓋因不得已而用之。此人必引軍投山北小路去也。吾已令興、苞二人在彼等候[10]。」眾皆驚服曰：「丞相之機，神鬼莫測。若某等之見，必棄城而走矣。」孔明曰：「吾兵止有二千五百，若棄城而走，必不能遠遁。得不為司馬懿所擒乎？」

【注釋】

1. 分撥：分派、分配。
2. 司馬懿：（西元一七九～二五一年）字仲達，三國魏溫縣人。有雄才，多權變，文帝十分器重，屢出師與諸葛亮相抗，使亮不能得志於中原，後以丞相執國政。
3. 妄行：任意的。
4. 綸巾：用青絲帶做成的頭巾，相傳是諸葛亮所做。綸，音官。
5. 笑容可掬：笑容滿面的樣子。
6. 麈尾：以麈的尾毛做成的拂塵，可用來驅趕蚊蠅。麈，音主。
7. 傍若無人：比喻自視甚高或意態自然。
8. 司馬昭：（西元二一一～二六五年）字子上，三國魏溫縣人。司馬懿的次子。曹髦在位時，繼其兄司馬師之後為大將軍，專擅國政，自為丞相，後封為晉公。
9. 駭然：驚恐的樣子。
10. 興、苞二人：指關興、張苞兩位將領。

這段「空城計」的故事，是《三國演義》中相當令人驚豔的一段，作者藉由孔明大開城門，不費一兵一卒，就阻止十五萬兵馬的事件，將孔明的神機妙算寫到了極致；而層層堆疊的緊張感，也讓讀者們在閱讀時屏氣凝神，大呼過癮。

事件的起因，是孔明首次北伐時，命馬謖去守街亭這個地方。後來，他收到王平派人送來的安營形勢圖本，判斷街亭的形勢危險，於是準備派楊儀去街亭支援，沒想到傳來街亭失守的消息。孔明立刻調兵遣將，安排撤退，並親自帶領五千兵到西城縣搬運糧草。從這裡開始，故事就加快節奏，瀰漫緊張的氣氛。

在故事中，孔明出了一個「奇招」，讓所有蜀軍將士和讀者驚訝不已，而這正是故事最大的亮點！讓我們透過閱讀理解，深入的進行剖析：

大軍壓境，令人戰慄！

司馬懿的大軍壓境，點燃了故事的緊張氣氛。首先是「十餘次飛馬報到」，「飛

馬」就是負責探查敵情的探子，回報有「十餘次」這麼多，代表軍情緊急。隨後傳出十五萬魏軍「蜂擁而來」的消息，敵軍人數眾多，更加強危急感。

接著透露「孔明身邊並無大將」，突顯了蜀軍的弱勢，而且「只剩兩千五百軍」，表示蜀軍是弱勢中的弱勢。這段運用「層遞法」，將緊張的氛圍遞增，同時也讓蜀軍更形弱勢，而眾官「盡皆失色」，則對照出孔明的冷靜沉著。

孔明出「奇」制勝

在大軍壓境的龐大壓力之下，出現了意外的情節，也掀起故事的高潮。孔明制敵的策略是「故意挑起疑心」，所下的指令看似奇怪，但其實都有特殊的意義。為了引導敵人懷疑有伏兵，他必須特別「做作」，還要讓敵人看出來才行。

首先，孔明命令城內收起軍旗。軍旗除了指揮作戰，還有激勵將士英勇奮戰的作用，收旗則是讓敵人懷疑城內是否埋伏了許多兵。再來是命令所有的軍民都不准出聲，一個無聲的城市，看來就是有問題，可激起敵人的疑心。

最後大開城門，彷彿故意引誘敵軍踏入陷阱，這讓一向謹慎小心的司馬懿疑心翻倍。並且派士兵偽裝百姓打掃街道、孔明親自登台焚香操琴，做出看似安逸的模樣，這些行動都是讓「做作」升級，非要激發敵人的疑心病不可。

用兵之道，攻心為上

《三國志》中記載馬謖曾說：「用兵之道，攻心為上，攻城為下；心戰為上，兵戰為下。」意思是**用智謀來勝敵才是上策**。我們用邏輯推理來想：在戰爭中運用智謀、心戰，所花費的成本最低，效果並不小於實戰，當然值得一用！

一般人欺敵，都是唯恐敵人看出偽裝；但孔明欺敵，卻是唯恐敵人看不出自己的偽裝。果然司馬懿看出孔明是一番做作，大起疑心，說道：「亮平生謹慎，不曾弄險。」的確，在軍事上小心謹慎是必要的，但是司馬懿沒考慮到，一個優秀的軍事家除了謹慎，還要懂得「用奇」，採用出奇制勝的絕招！

作者在最後一段才揭開謎底，告訴我們為什麼孔明要如此「做作」，並藉著孔明的解說、眾人恍然大悟，來突顯他神機妙算的形象。

孔明的自信，就透過「撫掌而笑」的小動作表現出來了。在這麼緊張的時刻，雖然危機解除，但眾人仍然心有餘悸，只有孔明笑得出來，說明他對敵人的心思和行動有十足的把握。然而他也說，空城計是「不得已而用之」，以蜀軍的狀況，倘若逃走，只會輕易的被魏軍所擒，不如使詐，或許還有機會。

作者能將一個出奇制勝的故事，說得這麼精采，關鍵就在製造緊張感，再插入奇妙的情節。我們也可以套用這樣的手法，寫出一段吸引人的故事。

【3分鐘說故事】飆速危機

泰源買了一輛一二五C.C.的機車，我們在半夜一點，選了一條道路試騎。我在後座，胸中熱血上湧，等著體驗那種高轉速時帶來的聲浪及速度的快感。

泰源一催油門，「嗚」一聲，機車便像箭直射出去，兩旁成排的樹木如流星般從眼前掠過，連成了虛線。飛馳幾分鐘後，我忽然感到車速變慢，車身輕微的搖晃；又過幾秒，似乎有一點抖動。我驚覺不妙，發現泰源身體將要倒下，就立刻用盡力量，將雙腿分開，像跳鞍馬般跳離機車，踉蹌了好幾步才站好。

只見泰源連車帶人摔了出去，左腿有大片的擦傷，幸好沒有生命危險。而我臨機應變的一跳，竟讓我在這場意外中毫髮無傷。

寫作分析：

「出奇招」是這則故事的重點，需要費心的設計。主角陪朋友試車，朋友因為對新車不熟，即將摔車「犁田」，敏感的主角在後座發現車子不穩定，就發揮應變的能力，迅速像體操選手般往上彈跳，因而平安無事。前文的緊張刺激，都是為了後文的「奇招」鋪墊，這是一種製造亮點的說故事方式。

【實戰寫作演練】

請參考〈空城計彈琴退兵〉和〈飆速危機〉，想出一則用**奇招**化解危機的故事，並寫成一篇**兩百五十字左右**的短文：

1. 你是否曾運用「奇招」化解**危機**？這方法**如何出奇**？請描述下來。

2. 在用「奇招」以前，請先描述這個事件令人感到**緊張**的部分。

3. 在用過「奇招」以後，你或他人對此有什麼**想法**或**反應**呢？

4. 請將上面的寫作材料整理好，寫成一篇**兩百五十字左右**的短文。

05 不可能的任務，讓讀者愛上了他：趙子龍單騎救主

【故事課】

作者與讀者，是一種虐與被虐的關係，在說一個好故事以前，作者需要先成為一個「虐待狂」。

你必須設下衝突與阻礙，讓角色無法順利的達成目標，越是折磨角色，越能讓讀者感到「虐心」。

因為大家最想要看的，就是角色如何突破困境，完成「不可能的任務」。

【讀經典故事】

明．羅貫中《三國演義．四十一回　劉玄德攜民渡江，趙子龍單騎救主》節錄

（趙雲）正走之間，見一將手提鐵鎗，背著一口劍，引十數騎躍馬而來。趙雲更不打話[1]，直取那將。交馬只一合，把那將一鎗刺倒，從騎皆走。原來那將乃曹操隨身背劍之將夏侯恩也。曹操有寶劍二口：一名「倚天」，一名「青釭」[2]；倚天劍自佩之，青釭劍令夏侯恩佩之。那青釭劍砍鐵如泥，鋒利無比。

當時夏侯恩自恃勇力，背著曹操，只顧引人搶奪擄掠。不想撞著趙雲，被他一鎗刺死，奪了那口劍，看靶上有金嵌「青釭」二字[3]，方知是寶劍也。雲插劍提鎗，復殺入重圍；回顧手下從騎，已沒一人，只剩得孤身。雲並無半點退心，只顧往來尋覓；但逢百姓，便問糜夫人消息。忽一人指曰：「夫人抱著孩兒，左腿上著了鎗，行走不得，只在前面牆缺內坐地。」

趙雲聽了，連忙追尋。只見一個人家，被火燒壞土牆，糜夫人抱著阿斗，坐於牆下枯井之傍啼哭。雲急下馬伏地而拜。夫人曰：「妾得見將軍，阿斗有命矣[4]。望將軍可憐他父親飄蕩半世，只有這點骨血。將軍可護持此子，教他得見父面，妾死無恨！」雲曰：「夫

人受難，雲之罪也。不必多言，請夫人上馬。雲自步行死戰，保夫人透出重圍。」糜夫人曰：「不可。將軍豈可無馬？此子全賴將軍保護。妾已重傷，死何足惜！望將軍速抱此子前去，勿以妾為累也[5]。」雲曰：「喊聲將近，追兵已至，請夫人速速上馬。」糜夫人曰：「妾身委實難去，休得兩誤。」乃將阿斗遞與趙雲曰：「此子性命全在將軍身上！」

趙雲三回五次請夫人上馬，夫人只不肯上馬。四邊喊聲又起。雲厲聲曰：「夫人不聽吾言，追軍若至，為之奈何[6]？」糜夫人乃棄阿斗於地，翻身投入枯井中而死。後人有詩讚之曰：「戰將全憑馬力多，步行怎把幼君扶？拚將一死存劉嗣，勇決還虧女丈夫。」

趙雲見夫人已死，恐曹軍盜屍，便將土牆推倒，掩蓋枯井。掩訖[7]，解開勒甲絛[8]，放下掩心鏡[9]，將阿斗抱護在懷，綽鎗上馬[10]。

【注釋】

1. 不打話：一語不發。
2. 釭：音剛，車轂口穿軸用的金屬圈，另一個解釋是「燈」。
3. 靶：這裡指劍柄。
4. 阿斗：（西元二〇七～二七一年）字公嗣，小名阿斗，三國蜀漢昭烈帝劉備之子。即位後，得諸葛亮輔佐，但在諸葛亮死後，國勢漸衰，後降於三國魏。
5. 累：牽涉、牽連。
6. 為之奈何：同「如之奈何」，怎麼辦，如何是好。
7. 訖：音氣，完畢。
8. 勒甲絛：古時將戰服的金屬片串起來的繩子，稱為勒甲絛。絛：音掏，用絲編成的繩帶。
9. 掩心鏡：就是「護心鏡」，古時縫在戰袍的胸、背處，可用來防箭的銅鏡。
10. 綽：抓取。

【引導式閱讀理解】

這段「趙子龍單騎救主」，是《三國演義》中最感人的篇章之一。故事敘述劉

備帶著樊城的上萬名百姓逃難，由趙雲保護甘、糜兩位夫人和幼主阿斗，但不幸一行人在途中被亂軍沖散。趙雲決意深入敵營尋找夫人和幼主，在路上遭遇重重的阻礙，但是他憑著過人的武藝，終於達成任務。

這段故事深受大眾的歡迎，因為再也沒有什麼故事，能夠比一個戰袍染血的將軍懷抱著嬰兒，奮不顧身將嬰兒送回他父親的身邊，更有愛、更令人感動！作者之所以能將故事寫得那麼熱血，就是因為他很懂得讀者的心理。他丟出許多的考驗與阻礙，讓讀者感到無比的虐心，情不自禁的就愛上這個角色。

那種從頭到尾都一帆風順的主角，總是讓人覺得缺乏魅力，所以一個好故事能夠折磨讀者的祕密，就是要先折磨故事中的主角。現在，我們透過閱讀理解來細讀這段故事，看趙雲突破了多少關卡，才完成「不可能的任務」：

任務	趙雲保護劉備老小。
挑戰	甘、糜兩位夫人及幼主阿斗被亂軍沖散，趙雲孤身一人，必須深入曹營百萬大軍中找人，並安全護送回營。

遭遇阻礙：有如闖關遊戲

關卡1：劉備陣營以為趙雲深入曹營，是為了投效曹操，質疑他的人格，只有劉備對趙雲的忠誠堅信不疑，這是內部危機。

關卡2：趙雲在亂軍中找人，幾乎迷失方向，幸好有人指路，才順利的找到糜竺和甘夫人，由糜竺護送夫人回營。

關卡3：趙雲再次與曹將夏侯恩廝殺，雖然獲勝，但他失去了隨從及所有外援，幸好有百姓指點方向，找到糜夫人和阿斗。

關卡4：糜夫人腿上重傷不能走路，要趙雲帶著阿斗逃走，這是內部的衝突。趙雲費盡口舌相勸，兩人僵持不下，最後糜夫人自盡。

關卡5：趙雲分別與曹將晏明、張郃、馬延、張顗、焦觸、張南等人，一對多大戰數回合，獲得勝利。

關卡6：趙雲與曹將交戰時，不幸連人帶馬摔入土坑，幾乎沒命。

關卡7：趙雲與曹將鍾縉、鍾紳交戰，獲得勝利。

這趟任務相當艱困，在茫茫人海中找人，原本就相當不容易，狠心的作者又陸續拿掉趙雲的資源，害他孤軍奮戰，又給他來自內部的阻力，與糜夫人拉鋸、衝突。在過程中，趙雲倍受折磨，讀者的心也跟著緊緊的牽動著。

遇到救星：給角色開外掛

在電玩遊戲中，遊戲設計者怕遊戲太難，玩家玩不下去，就會給玩家「開外掛」，讓他們有機會獲得寶物或救星，使遊戲順利進行。

說故事也是，**作者在給角色阻礙時，也要「適時的」提供救星，才能讓角色從困境中脫身**。而且必須讓讀者知道，即使有救星，角色還是要靠自己的努力才能脫困。「外掛」是一個關鍵，卻不能完全依靠。

在趙雲的任務中，就出現了寶物和救星。與夏侯恩對戰時，獲得曹操的寶劍「青釭劍」，此劍砍鐵如泥，在對戰中發揮很大的作用。救星則是曹操本人，曹操見趙雲的武藝精良，起了愛才之心，下令活捉，所以趙雲才有機會殺出一個破口，逃出生天。有趣的是，這兩個「外掛」都來自曹操。

催淚虐心：眼淚不用錢

這段故事最令人感動的，就是糜夫人為了救孩子犧牲自己。糜夫人身受重傷，知道如果帶著她，三個人都會喪命，身為一個愛丈夫、愛孩子的妻子與母親，她毫不猶豫就犧牲自己，投入枯井自盡，這是多麼虐心的情節。

而趙雲親眼看到夫人自盡，又是多麼痛苦！為了不使夫人的屍身受辱，趙雲推倒土牆掩埋屍體，足見他有一顆忠誠與憐憫之心，這是在血腥的戰爭場面中，最為催淚的畫面，讓「母愛」與「忠誠」這兩大人性的光輝，點亮了故事。

讀完了故事，我們也可以寫一點小練習，給角色一個任務，或讓角色陷入一種困境，書寫他的感受。記得，要先揣摩好角色的心理。

【3分鐘說故事】蛻變

青春期的他，偶然見到樹梢上的一顆蟲蛹輕微的顫動，不久，鑽出了一隻小蝴蝶。

他想：「這就是蛻變啊！毛毛蟲在蛹裡一定在作蝴蝶的夢。現在它的夢想成真了，我呢？」他渴望脫蛹成蝶，但父母親卻老是說：「不要冒險！不能受傷！」小時候就算了，當他長大以後，就對這情形感到疲憊。

他的性格越來越退縮，日復一日，他身上長出一種看不見的殼，嚴密的將他包裹起來，可是一點也沒有蛻變的意思。精神上的萎靡，使他成了心靈的殘障，當一個人沒有冒險的回憶，也沒有心痛的創傷，只是在混日子時，那可是非常痛苦。而且還沒有結束，它還沒完，從他心中殘存的情感還能察覺到這點。

寫作分析：

這是一則描述青少年困境的故事。主角正值青春期，父母怕他受傷，不讓他去冒險、經歷多彩多姿的生活，養成他退縮的性格。故事中用「脫蛹成蝶」為比喻，訴說少年想要蛻變而不能的痛苦，最後在結尾描述他絕望的心理感受。

【實戰寫作演練】

請參考〈趙子龍單騎救主〉和〈蛻變〉，給角色一個**任務**或**困境**，並寫成一篇**兩百五十字左右**的短文：

1. 描述你想寫的**困境**，是關於人生、生活？還是讀書、工作？

2. 也可以丟一個艱困的**任務**給主角，請將任務的**內容**描述出來。

3. 描述主角如何**面對困境**或**完成任務**，以及他的**心境**。

4. 請將上面的寫作材料整理好，寫成一篇**兩百五十字左右**的短文。

06 陳設中的祕密，窺見人物性格特徵：探春的房間

【故事課】

一個好的故事，會讓人覺得事件好像就發生在眼前。

在閱讀的同時，讀者會同步在腦海中浮現出畫面，想像你用文字所描述的內容。

所以，越是具體、細緻的描繪，越能幫助讀者讀懂你說的故事、認識故事中的人物。

【讀經典故事】

清．曹雪芹《紅樓夢．四十回　史太君兩宴大觀園，金鴛鴦三宣牙牌令》節錄

鳳姐等來至探春房中[1]，只見他娘兒們正說笑[2]，探春素喜闊朗，這三間屋子並不曾隔斷[3]。當地放著一張花梨大理石大案[4]，案上堆著各種名人法帖[5]，並數十方寶硯[6]，各色筆筒；筆海內插的筆如樹林一般[7]；那一邊設著斗大的一個汝窯花囊[8]，插著滿滿的一囊水晶球的白菊。西牆上當中掛著一大幅米襄陽《煙雨圖》[9]。左右掛著一幅對聯，乃是顏魯公墨跡[10]，其聯云：「煙霞閑骨格[11]，泉石野生涯。」案上設著大鼎[12]。左邊紫檀架上放著一個大官窯的大盤，盤內盛著數十個嬌黃玲瓏大佛手[13]；右邊洋漆架上懸著一個白玉比目磬[14]，旁邊掛著小槌。

那板兒略熟了些，便要摘那槌子去擊，丫鬟們忙攔住他。他又要那佛手吃，探春揀了一個給他，說：「玩罷，吃不得的。」東邊便設著臥榻拔步床，上懸著蔥綠雙繡花卉草蟲的紗帳[15]。板兒又跑來看，說：「這是蟈蟈[16]，這是螞蚱[17]。」劉姥姥忙打了他一巴掌[18]，道：「下作黃子[19]！沒乾沒淨的亂鬧。倒叫你進來瞧瞧，就上臉了[20]。」打得板兒哭起來，眾人忙勸解方罷。

【注釋】

1. 鳳姐：王熙鳳，小名鳳姐兒，綽號鳳辣子。王夫人的內姪女，賈璉之妻。探春：賈探春，賈政和趙姨娘之女，排行第三，為人事理分明，說話有條理，頗受人敬愛。
2. 娘兒們：長輩婦女和男女晚輩的合稱。
3. 隔斷：阻隔而不相通。
4. 案：長方形的桌子。
5. 法帖：供人臨摹或欣賞的名人書法拓印本。
6. 硯：音厭，用石頭做成的磨墨工具。
7. 筆海：插筆的用具。
8. 汝窯：宋代河南汝州所造的瓷器，釉色以淡青為主，器身有極細的紋片。
9. 米襄陽：米芾（西元一〇五一～一一〇七年），字元章，號海嶽外史，又號鹿門居士。宋襄陽人，世稱為「米襄陽」。擅長書法，畫山水人物，亦自成一家。
10. 顏魯公：顏真卿（西元七〇八～七八四年），字清臣，唐臨沂人，名書法家。
11. 骨格：人的風格、氣度。
12. 鼎：古代用來烹煮食物的金屬器具。圓腹、三足兩耳，亦有四足的方鼎。盛行於商、周時代。又是傳國的寶器，相傳夏禹鑄九鼎以為傳受帝位的重器。
13. 佛手：佛手柑的別名。柑果前端作手指狀分裂，為食品原料，常作為藥用。
14. 磬：樂器名，古代用玉石或金屬製成的打擊樂器，可懸掛在架上。

15. 拔步床：一種舊式的大床。有簷飾、帳子和腳踏。
16. 蟈蟈：動物名，身體為綠色或褐色，體型肥大，善於跳躍，吃植物的汁液和花。
17. 螞蚱：指蝗蟲。
18. 劉姥姥：鄉村寡婦，與王熙鳳是極遠的親戚。
19. 下作黃子：罵人的話，指天生品格卑汙的人。
20. 上臉：恃寵撒嬌。

【引導式閱讀理解】

這段故事，寫的是《紅樓夢》重要人物賈探春的房間。

在賈府的小姐們當中，探春是最有謀略的一位，她曾在王熙鳳生病休養期間短暫的治理賈府，將府中龐大的財務問題與秩序調理得井井有條。雖然她只是姨太太趙姨娘的女兒、庶出的身分，但是賈府上上下下都敬服她。

曹雪芹是如何塑造出一個極具魅力的探春？要知道，每個人都得擁有屬於自己的特色，才能讓你與別人清楚的區隔開來。高明的小說家塑造人物時，會緊緊的抓住人物的特質，描寫他周圍的一切，讓周圍的事物和他的性格互相映照、彼此襯托。這之中，自然也包含人物的房間。

一個人的房間是他內在的展現，反映他心中的自我，房間的格局和陳設可以暗示人物的性格與品味，還能透露人物的社會階層。作者在描寫探春的樣貌之餘，還充當起「室內設計師」，為探春設計了一個與眾不同的房間，房裡所有的陳設都在訴說著：探春是個非凡的女子！

我們可以由兩個方向，來閱讀理解這段故事：

先從整體觀看風格

賈母帶著劉姥姥一群人參觀探春的房間，隨著她們的視線，我們可以將觀看的範圍分成三等分，分別是：空間、書桌、牆上。其中「書桌」是故事的焦點，占了全文的90%，由此可知，作者想將探春塑造成一個「女性的知識分子」。

故事一開始就說，探春喜好「闊朗」，將三個房間的隔間全拿掉了，變成一個大房間。作者對陳設的描述是：大案、大幅、大鼎、大盤、大佛手，六個「大」字

述說大房間的宏偉氣派，另外有「斗大」的花囊、大型家具的「拔步床」。這些家具與陳設，都指向探春「格局大」和「心胸廣」的性格特徵。

再從細部分析意義

分析房間裡各個物品的象徵意義，則可以幫助我們進一步揣摩屋主的性格。比如探春房中的大理石桌子，象徵她的性格堅毅；桌上的各種名人法帖、寶硯、筆如樹林，可見她勤於練字；白菊說她人品高潔；汝窯花囊、大官窯大盤是珍貴的瓷器，說明她出身豪門，在家也頗為受寵，才用得起這些器物。

米芾的《煙雨圖》、顏真卿的對聯，說明探春本身具備的文化素養，而對聯中「煙霞閑骨格，泉石野生涯」兩句，表現的是古代文人墨客隱居山林、無拘無束的情趣。看到這裡，我們就瞭解探春是個擁有文人情懷的女子。

剛、柔兼具的陳設

在古時，「鼎」是權力的象徵，原本當作煮食的炊具，後來成為國家的禮器。探春的房中放鼎，暗示她胸有豪情，想有一番作為，從她治理賈府的能力，也看得出她的幹練。比目魚象徵愛情，而「磬」有消災的作用，《紅樓夢》女子的婚姻多半不幸，但是探春後來嫁到海外作王妃，她的結局是比較好的。

蔥綠雙繡花卉草蟲的紗帳，繡的是「蟈蟈」與「螞蚱」，展現探春熱愛自然、率性真純的一面，與牆上的《煙雨圖》、對聯相呼應。從這些細緻的書寫，我們就能歸納出探春的形象：她出身不凡，性格大氣豪邁，愛好文藝，而且用功勤勉，同時，她也對愛情有所嚮往，懷抱著小兒女的情懷。

現在，你能否從以下的小故事，認識房間的主人呢？你也可以試試看，設計一個能夠展現自己性格的房間。

為了更貼近人群，我將漆成深褐色的小木桌，擺在距離街道只有一層樓之高的窗邊。桌上放了幾個魔術方塊，我在思考時會擺弄它們，好釐清思緒。桌子底下有一台腳底按摩機，讓我忙碌的生活得到了喘息。桌子右邊的牆上掛了畢卡索的仿製畫，畫中側頭思考的女士與瑰麗的色塊，組成了一個女人與她的「夢」。

房內的四面牆，其中有三面都擺了書架，空間因此變得侷促。書架上橫七豎八的堆滿了書，它們經常被主人翻動，永遠不會規矩地站好。在思考中，時間不知不覺流逝過去，我把寫作的房間變成了靈魂的庇護所。

寫作分析：

讀完〈自己的房間〉，可以探究出：屋主是個愛好寫作的女性。因為故事的焦點，明顯地聚焦於書桌、書架和書籍，這是主要的陳設，也是她生活的重心。寫作是孤獨的，為了排遣孤寂感，屋主就將書桌擺在窗邊，偶爾可以聆聽街道上的人車聲音。桌上的「魔術方塊」象徵理性的智慧，點出作家必須具備的特質。至於腳底按摩機，是因為長時間坐著寫作帶來了不適，需要按摩舒緩一下。而牆上的畫告訴我們，寫作是她的夢想，也是「靈魂的庇護所」。

【實戰寫作演練】

請循著以下的步驟，模仿〈探春的房間〉或〈自己的房間〉，設計一間你**夢想中的房間**，並寫成一篇**兩百字左右**的短文：

1. 簡單描述你的**性格特徵**和**喜好**。

2. 根據你的性格，決定房間的風格，如文青風、日式無印風、台式懷舊風等，並用文字將風格描述出來。

3. 列出房間裝潢和陳設上的特色，記得要和你的性格互相呼應。

4. 設計好你的房間，並寫成一篇兩百字左右的短文。

07 事物的細節，透露人物的個性和底細：薛寶釵的形象

【故事課】

說一個好故事，只在情節上標新立異是不夠的，對於細節和背景的描述也非常重要。

優秀的作家對於細節的描繪，總是執著而且專注。其精細的程度，往往讓細節自然而不露痕跡的，透露人、事、物的底細。

【讀經典故事】

清．曹雪芹《紅樓夢．八回　薛寶釵小恙梨香院，賈寶玉大醉絳芸軒》節錄且說寶玉來至梨香院中[1]，先入薛姨媽屋裡來[2]，見薛姨媽打點針黹與丫鬟們呢[3]；寶玉忙請了安，薛姨媽一把拉住，抱入懷中笑說：「這麼冷天，我的兒！難為你想著來。快上炕來坐著罷[4]。」命人：「倒滾滾的茶來。」寶玉因問：「哥哥沒在家麼[5]？」薛姨媽嘆道：「他是沒籠頭的馬[6]，天天逛不了，那裡肯在家一日呢？」寶玉道：「姊姊可大安了[7]？」薛姨媽道：「可是呢！你前兒又想著打發人來瞧他。他在裡間不是[8]，你去瞧。她那裡比這裡暖和，你那裡坐著，我收拾收拾就進來和你說話兒。」

寶玉聽了，忙下炕來到了裡間門前，只見吊著半舊的紅紬軟簾。寶玉掀簾一步進去，先就看見寶釵坐在炕上作針線，頭上綰著黑漆油光的鬢兒[9]，蜜合色的棉襖，玫瑰紫二色金銀線的坎肩兒[10]，蔥黃綾子棉裙，一色兒半新不舊的，看去不見奢華，惟覺雅淡。罕言寡語，人謂裝愚[11]；安分隨時，自云「守拙」[12]。

【注釋】

1. 梨香院：榮府的一個住所，薛姨媽與薛寶釵初來時居於此。
2. 薛姨媽：薛蟠和薛寶釵之母，是王夫人的親妹妹，賈寶玉的姨母。
3. 針黹：縫紉、刺繡等工作。黹：音指，女紅的通稱。
4. 炕：音抗。用磚或泥在屋裡砌成的臥榻，可在下面生火取暖。
5. 哥哥：指薛蟠，字文龍，外號「呆霸王」，薛姨媽之子，薛寶釵之兄。
6. 沒籠頭的馬：比喻不受拘束的人。
7. 姊姊：指薛寶釵，是薛姨媽之女，薛蟠之妹。曹雪芹用群芳之冠的牡丹比喻寶釵，讚美她「豔冠群芳」。在高鶚續本中，是賈寶玉的妻子。
8. 裡間：指內室。相連的幾間房間中，不直接通到外邊的房間。
9. 綰：同「挽」。䰖：音纂，婦女梳在頭後的髮髻。
10. 坎肩兒：無袖無領的上衣。
11. 裝愚：不願顯露自己的見識及本領。
12. 守拙：不願應酬世務而以此自安。

《紅樓夢》第八回的這段故事，敘述賈寶玉前往梨香院探訪薛寶釵，在接受薛姨媽的款待後，去裡間找寶釵閒聊。說故事時，人物給讀者的第一印象相當重要，在這裡透過寶玉的視角，讓寶釵的形象首次完整的展現在我們面前。

人物是故事的靈魂，好的作者應該用盡全部的心力刻畫人物，不放過任何一個可以描寫的機會，盡可能使人物的形象更具體。就像在這段寶釵登場的故事中，作者就用了不下十一、二種事物，來顯露寶釵的個性和底細。

這些事物，包含一進門看到的「紅紬軟簾」和寶釵身上穿的棉襖、坎肩、棉裙等等，都別具意義。在描繪寶釵的嘴唇、眉毛、眼睛、臉型時，也緊緊貼合著她的個性來發揮。最後得到的是「雅淡」二字，這兩個字完全抓住了寶釵的氣質。

我們可以說，作者的每一筆都是在塑造人物。透過寶玉的眼光看寶釵，我們彷彿看見一個素雅而樸實的大家閨秀，出現在我們眼前。不過，如果想要對寶釵有深入的了解，就得有邏輯、有次序的閱讀理解寶釵這個人物：

住所與主人呼應

寶釵的房間門口「吊著半舊的紅紬軟簾」，已經透露了寶釵的性格。薛家是富裕的皇商，大戶人家本來該使用鮮豔、華麗的紅色綢緞，但是寶釵卻將色澤黯淡、半舊的門簾掛在門口，表現她樸素、節儉，為人低調，富有卻不張揚的個性。

聽其言，觀其行

掀開門簾以後，寶玉第一眼看到的是寶釵正在縫紉：「先就看見寶釵坐在炕上作針線。」縫紉又稱為女紅，這個動作傳達了幾個意義：首先是**培養淑女的品德**，在古代想成為標準的淑女，就是要學習女紅，修身養性。

其次是**準備將來出嫁**，古人認為符合「德、言、容、功」四德的女性，才適合為人妻、為人母，其中的「婦功」就是女紅，女子必須在還沒出嫁以前就學會。再來是**應付家庭需要**，古人的衣著、鞋襪都靠手工縫製，破了也得以手工縫補，寶釵親自縫紉而不靠他人，說明了她的勤勞與儉樸。

在《紅樓夢》第四回中，寫到寶釵作針線的原因是：「見哥哥不能安慰母心，他便不以書字為念，只留心針黹家計等事，好為母親分憂代勞。」因為哥哥薛蟠沒有出息，寶釵為了盡孝道，儘管能寫詩作文，卻放棄了，改而從事女紅、理家等事務，正符合所謂的傳統婦女形象，這在當時是頗受人讚美的。

樸素中見時尚

寶釵的穿著打扮也流露出她的個性，文中說她：「頭上綰著黑漆油光的鬢兒，蜜合色的棉襖，玫瑰紫二色金銀線的坎肩兒，蔥黃綾子棉裙，一色兒半新不舊的，看去不見奢華。」蜜合色，是色彩不飽和的淺黃色；坎肩、棉裙都是半舊的，雖然是富人的時尚，但毫不奢華；頭上只綁髻而不插花，都說明了她的樸素。

淡妝濃抹總相宜

在別的版本中，作者描寫寶釵的相貌：「唇不點而紅，眉不畫而翠，臉若銀盆，

眼如水杏。」是說素顏的寶釵不化妝就很美，仍是寫她樸素。「銀盆」比喻臉型圓潤，「水杏」形容圓圓的眼睛水汪汪的，十分動人。簡單幾句描寫，也符合寶釵的「雅淡」。

他人與自我的評價

故事最後給寶釵的為人作出評價，說她：「罕言寡語，人謂裝愚；安分隨時，自云守拙。」這是老莊哲學。老子鼓勵人「抱朴守拙」，又說「大智若愚」，所以這裡暗指寶釵的「愚」和「拙」，其實只是「低調」，她本身極聰明。

「裝愚」是別人對寶釵的評價，說她話少，不輕易炫才。「守拙」是寶釵對自我的評價，說她不願應酬世務而以此自安。然而寶釵看似淡泊，卻又力爭上游，她曾寫詩：「好風憑藉力，送我上青雲。」透露出野心，這樣的矛盾存在著諷刺。

作者運用多角度，從環境、活動、穿著、相貌、評價等，緊扣住人物的性格來寫，全部集合起來，就是完整的人物形象。你也可以寫寫看！

廖婆婆站在由發臭的東西組成的垃圾山上，彎著身體撿拾能夠賣錢的東西。中午的太陽炙燒著大地，路旁的荒草被燙得幾乎乾枯卷起，熱浪一波一波瀰漫開來，讓人喘不過氣。她身上的運動衫已經濕透了，上面還繡著「某某國中」字樣，褲子跟上衣成套，褲管給捲上了膝蓋，線頭就掉了出來。她滿頭大汗，額上的紋路錯綜複雜得像老樹的年輪；嘴角的輪廓分明，時常緊閉，從不輕易吐出一個「苦」字，也很難從她口中聽到一聲嘆息。人人都佩服她不怕艱苦的忍耐力。

寫作分析：

這則故事抓住廖婆婆「堅毅」的性格特徵，從各種角度塑造她的形象。比如在發臭的垃圾堆撿東西，說明她從事的工作是資源回收。荒草被太陽燒烤得乾枯卷起，就讓人感受到這工作環境的艱困和貧窮的意味。從老人卻穿著國中生的破舊制服，就知道這套衣服是回收得來的。而從她額頭的皺紋、緊閉的嘴巴和不喊苦、不嘆氣的

表現，得見她具有勤奮、努力和堅毅的性格。最後再加上一句眾人對她的評價當作結論，人物的形象就躍然於紙上了。

【實戰寫作演練】

請參考〈薛寶釵的形象〉或〈小人物〉，從環境、活動、穿著、相貌、評價等面向刻畫一個人物，寫成一篇**兩百字左右**的短文：

1.設定一個主角，概述他的名字、性別、年齡、喜好和性格。

2. 決定你想要寫什麼**事件**，以及在什麼**時間**和**環境**下發生。

3. 從人物的**環境**、**活動**、**穿著**、**相貌**、**評價**等面向，著手設計人物形象。

✓環境：

✓活動：

✓穿著：

✓相貌：

✓評價：

4.請整理以上的寫作材料，寫成一篇**兩百字左右**的短文。

08 從過節看興衰，跟著《紅樓夢》過新年：賈府的合歡宴

【故事課】

如果想刻畫一個人物的命運，或一個家族從繁榮轉向衰微的故事，就應該在細節下工夫。

藉由側面點點滴滴的暗示，可以讓讀者逐步窺見這個「衰微」現象的演進。不論是從喜慶中看見悲哀，或是從繁榮中看見破敗，這種穿插對比的寫法，都是極好的著力點。

【讀經典故事】

清．曹雪芹《紅樓夢．五十三回　寧國府除夕祭宗祠，榮國府元宵開夜宴》節錄

1. 年前大掃除

且說賈珍那邊開了宗祠[1]，著人打掃，收拾供器，請神主[2]；又打掃上屋[3]，以備懸供遺真影像[4]。此時榮、寧二府內外上下，皆是忙忙碌碌。

2. 領恩賞

賈珍因問尤氏：「咱們春祭的恩賞[5]，可領了不曾？」尤氏道：「今兒我打發蓉兒關去了[6]。」賈珍道：「咱們家雖不等這幾兩銀子使，多少是皇上天恩。早關了來，給那邊老太太見過，置了祖宗的供，上領皇上的恩，下則是托祖宗的福。咱們那怕用一萬銀子供祖宗，到底不如這個又體面，又是沾恩錫福的。除咱們這樣一二家之外，那些世襲窮官兒家[7]，若不仗著這銀子，拿什麼上供過年？真正皇恩浩大，想得周到。」尤氏道：「正是這話。」

3. 收年例，辦年貨

烏進孝忙進前了兩步[8]，回道：「回爺說，今年年成實在不好。從三月下雨起，接接連連直到八月，竟沒有一連晴過五日。九月裡一場碗大的雹子[9]，方近一千三百里地，連人帶房並牲口糧食，打傷了上千上萬的，所以才這樣。小的並不敢說謊。」賈珍皺眉道：「我算定你至少也有五千銀子來，這夠做什麼的？」

4. 吃年夜飯，分壓歲錢

賈母笑道：「一年家難為你們，不行禮罷。」一面男一起，女一起，一起一起俱行過了禮；左右設下交椅[10]，然後又按長幼挨次歸坐受禮。兩府男女、小廝、丫鬟，亦按差役上、中、下行禮畢。然後散了壓歲錢並荷包金銀錁等物[11]。擺上合歡宴來，男東女西歸坐，獻屠蘇酒[12]、合歡湯、吉祥果、如意糕畢。

5. 放爆竹

一夜人聲雜沓，語笑喧闐[13]，爆竹起火，絡繹不絕。

【注釋】

1. 賈珍：賈敬之子，尤氏之夫，賈蓉之父。宗祠：私人設立，供奉祖先神主的祠廟。
2. 神主：祖先的牌位。
3. 上屋：正房、上房。
4. 遺真影像：祖先的畫像。
5. 恩賞：君上對於臣下的特殊賞賜。
6. 關：領取。
7. 世襲：在封建時代，爵位可以世代傳給子孫。
8. 烏進孝：是黑山村的莊頭，承租寧國府的田莊，與主子簽約後上交租金、租物。
9. 雹子：冰雹。

10. 交椅：一種可以摺疊的輕便繩椅。
11. 錁：音課。俗稱金銀鑄成的小錠為「錁」，形狀像小饅頭。
12. 屠蘇酒：以屠蘇、山椒、白朮、桔梗、防風、肉桂等藥草製成。相傳於正月初一，家人按照先幼後長的順序飲之，可避邪、除瘟疫。
13. 語笑喧闐：言語喧笑的聲音大而雜亂。闐，音田。

【引導式閱讀理解】

賈府過年是從臘八過到元宵，長達兩個月，相當驚人！期間要吃數不清的年酒，有看不完的戲，禮俗儀式很多，是大戶人家才會有的。我們在過年的日子裡讀《紅樓夢》，不但能了解當時年節的習俗，也能看到賈府的興盛與衰微。

作者在小說裡真正想講的，是賈府在蒙受聖上恩寵之後，逐步走向破敗的過程，反映著人世的無常；同時，個人在大環境的變遷下，往往也身不由己。所以賈府的命運與人物們的命運，緊緊的聯繫在一起，是這個故事最大的看點。

小說經常藉由一些瑣碎的小事，比如吃飯、看戲、過年的儀式等，帶我們看賈

府如何的繁華，當中又出現哪些「敗象」。這些細微的刻畫，成為故事裡無法忽視的伏筆，讓我們能循著細微的線索，逐步的將這些故事的碎片拼合起來。

大掃除、辦年貨、吃年夜飯、領壓歲錢、放爆竹，都是過年的習俗，但賈府跟別人家有什麼不同呢？我們先分析前面的故事，認識賈府過年的情況，再找證據進行分析、探究，就能對《紅樓夢》的主題有更深刻的認識：

過年大掃除，好運年連連

賈府的宗祠設在寧國府，由賈珍負責祭祀。習俗上，從除夕到大年初五都不能打掃，以免趕走財富與好運，所以賈珍從臘月（農曆十二月）就派人打掃屋子，懸掛祖先遺像，準備祭祀用的供器和牌位，各處房屋也開始大掃除了。

向皇上領恩賞！

賈府過年的頭等大事就是去皇宮裡領「恩賞」，這是皇上給的壓歲紅包，我們以為皇上給的賞賜一定很豐盛，但其實不多。這些錁子的造型有梅花式的，也有海棠式的，供上這些錁子，求的只是「體面」和「沾恩錫福」的榮耀。

收年例，辦年貨

年例是年終按例發給的賞錢，賈府收到的年例都會發給宗族子弟，當作年貨。賈府是地主，他們將地租出去並按時收租。

過年前，黑山村的烏進孝來交租，賈珍預計收到五千兩銀子，但因為那年的氣候影響收成，又遇到下冰雹，只收到兩千五百兩，讓賈珍叫苦連天。由此可見，天災對榮國府的財政收入造成重大的打擊，寧國府當然也受到牽連。

隨後賈蓉也跟著哭窮，說元妃回家省親，賈府花了不少銀子搞排場，蓋了大觀園，收成再這樣差下去，家裡就「精窮」了。賈珍也說「真真是叫別過年了」、「外頭體面裡面苦」，揭示了賈府在體面底下日漸空虛的事實。

吃年夜飯，分壓歲錢

賈府的年夜飯叫做「合歡宴」，名稱取的是闔家團圓的好彩頭，但菜色只是一般，主要求個吉利。

比如屠蘇酒是一種藥酒，喝了可以長壽，在除夕時飲用，由長輩向晚輩敬酒，喝酒的順序是從年幼到年長。合歡湯是用合歡花熬煮而成，取吉利之名。如意糕的寓意是吉祥如意，主要的原料是糯米粉和去殼的芝麻，做出「如意」的圖案。吉祥果是以水果和蜜餞為主，上面雕刻了吉祥圖案。

在眾人行禮完畢後，賈母就分送壓歲錢。壓歲錢是用碎金銀鑄成的「錁子」，可以鎮壓邪祟，祝福收到紅包的人長命百歲。

放爆竹熱鬧熱鬧

正月一日放爆竹的習俗，最初是為了趕走傳說中的年獸，後來是表示興隆繁盛、辭舊迎新，同時也為新年增加了熱鬧歡樂的氣氛。

小說將賈府過年的細節寫得相當詳盡，但是年夜飯卻少了色、香、味的描寫，如果能夠針對菜色，用文字描摹感官的感受，將更能傳遞年節的氣氛。下面提供一份學習單，請為賈府的「合歡宴」打造出一場感覺的盛宴。

【學習單】合歡宴感官描寫

菜名	造句	感官書寫
合歡湯	範例：合歡湯咕嘟咕嘟冒著煙，空氣中飄散一絲淡淡的薑味，和多種滋補藥材混合熬煮的芬芳。	聽覺＋嗅覺
屠蘇酒	覺得口腔和食道都辣疼起來。	味覺＋觸覺
如意糕	雙色的如意造型，口感滑順，甜而不膩。	味覺＋視覺
吉祥果	雕成梅花和魚的模樣，酸甜多汁。	味覺＋視覺

廳上擺出一個大圓桌，鋪上大紅色的桌巾，接著擺上各類珍貴的碗盤瓷器，這是賈府的合歡宴。佳餚被一一送上桌來，合歡湯是用大碗盛著，正咕嘟咕嘟冒著煙，空氣中飄散一絲淡淡的薑味，和多種滋補藥材混合熬煮的芬芳。

眾人舉杯輪流飲用屠蘇酒。初入口時，覺得口腔和食道都辣疼起來，但很快的，口中就充滿了藥材的香氣。如意糕是用白色的糯米粉和黑色的芝麻粉，做成雙色的如意造型，口感滑順，甜而不膩。最後是吉祥果，除了時鮮的水果外，更有雕刻精緻的蜜餞，雕成梅花和魚的模樣，酸甜多汁，寄寓著甜蜜的希望。

寫作分析：

描寫美食，就必須從食物的外觀、味道、口感等方面來寫，運用五種感官寫出色、香、味俱全的佳餚。但是僅單純使用一種感官來描繪，顯得單調，不如將嗅覺加上聽覺，味覺加上觸覺，寫出較複雜的感覺。最後，別忘了加上內心的感受，讓食物象徵一個好彩頭，反映新年的希望，成為最佳的結尾。

【實戰寫作演練】

請參考以上兩篇〈賈府的合歡宴〉，替自己家中的年夜飯設計一份**菜單**，並描述菜餚的色、香、味，寫成一篇**兩百字左右**的短文：

1. 請設計一份**菜單**，並描述菜餚的**色**、**香**、**味**。

菜名	造句	感官書寫
		嗅覺＋聽覺
		味覺＋觸覺

菜名	造句	感官書寫
		味覺＋視覺
		味覺＋視覺

2. 描述吃年夜飯時，餐廳的**陳設**或餐桌的**擺設**。

3. 選擇其中一道菜，賦予它**吉利**的象徵意義。

4. 請將上面的寫作材料整理好，寫成一篇**兩百字左右**的短文。

09 她像一面「鏡子」，映照出真實：劉姥姥進大觀園

【故事課】

唐太宗這麼看待鏡子：鏡子能夠映照事物，以歷史為鏡，可以知興替；以人為鏡，則可以明得失。

在故事中，如果塑造一個有如「鏡子」般的人物，將隱藏的真實映照出來，會使故事更加深刻。

我們將透過「他」，對故事的內涵有嶄新的視角！

【讀經典故事】

清．曹雪芹《紅樓夢．四十回　史太君兩宴大觀園，金鴛鴦三宣牙牌令》節錄只見一個媳婦端了一個盒子站在當地，一個丫鬟上來揭去盒蓋，裡面盛著兩碗菜。李紈端了一碗放在賈母桌上，鳳姐偏揀了一碗鴿子蛋放在劉姥姥桌上。

賈母這邊說聲「請」，劉姥姥便站起身來，高聲說道：「老劉，老劉，食量大如牛，吃個老母豬，不抬頭！」說完，卻鼓著腮幫子，兩眼直視，一聲不語。眾人先還發怔，後來一想，上上下下都一齊哈哈大笑起來。湘雲掌不住[1]，一口茶都噴出來。黛玉笑岔了氣，伏著桌子只叫「噯喲！」寶玉滾到賈母懷裡，賈母笑的摟著叫「心肝」，王夫人笑的用手指著鳳姐兒，卻說不出話來。薛姨媽也掌不住，口裡的茶噴了探春一裙子。探春的茶碗都合在迎春身上[2]。惜春離了座位，拉著她的奶母，叫「揉揉腸子」[3]。地下無一個不彎腰屈背，也有躲出去蹲著笑去的，也有忍著笑上來替她姊妹換衣裳的。獨有鳳姐鴛鴦二人掌著[4]，還只管讓劉姥姥。

劉姥姥拿起箸來[5]，只覺不聽使，又道：「這裡的雞兒也俊，下的這蛋也小巧，怪俊的。我且得一個兒！」眾人方住了笑，聽見這

話，又笑起來。賈母笑的眼淚出來，只忍不住，琥珀在後捶著[6]。賈母笑道：「這定是鳳丫頭促狹鬼兒鬧的[7]！快別信他的話了。」

那劉姥姥正誇雞蛋小巧，鳳姐兒笑道：「一兩銀子一個呢！你快嘗嘗罷，冷了就不好吃了。」劉姥姥便伸筷子要夾，那裡夾得起來？滿碗裡鬧了一陣，好容易撮起一個來[8]，才伸著脖子要吃，偏又滑下來，滾在地下。忙放下筷子，要親自去揀，早有地下的人揀出去了。劉姥姥嘆道：「一兩銀子，也沒聽見個響聲兒就沒了！」

眾人已沒心吃飯，都看著他取笑。賈母又說：「誰這會子又把那個筷子拿出來了？又不請客擺大筵席！都是鳳丫頭支使的[9]！還不換了呢。」地下的人原不曾預備這牙筯，本是鳳姐和鴛鴦拿了來的，聽如此說，忙收過去了，也照樣換上一雙烏木鑲銀的。劉姥姥道：「去了金的，又是銀的，到底不及俺們那個伏手[10]。」鳳姐兒道：「菜裡要有毒，這銀子下去了就試的出來。」劉姥姥道：「這個菜裡有毒，我們那些都成了砒霜了[11]！哪怕毒死了，也要吃盡了。」

【注釋】

1. 掌不住：忍不住。
2. 迎春：賈寶玉的堂姊，是賈赦的妾所生。性格溫柔良善，同時膽怯懦弱。
3. 惜春：賈家四姊妹中年紀最小的一位，個性孤僻。她是賈敬的么女、賈珍的妹妹，因母親早逝，就在榮國府賈母的身邊養大。
4. 鴛鴦：姓金，是賈家的奴婢，侍奉賈母的大丫鬟之一，賈母很倚重她。
5. 箸：音住，筷子。
6. 琥珀：也是賈母的大丫鬟之一，照顧賈母的起居生活。
7. 促狹鬼：用來稱呼喜歡惡作劇的人。
8. 撮：抓取。
9. 支使：差遣使喚。
10. 伏手：順手。
11. 砒霜：指三氧化二砷，是一種毒藥。白色粉末，或帶黃色與紅色，吃了會致死。

在《紅樓夢》裡，村婦劉姥姥曾經幾度拜訪賈府，第一次是在第六回，劉姥姥因為家貧而去賈府「打抽豐」，說白一點，就是請求王熙鳳的施捨，那次不但收穫頗豐，劉姥姥更因此與賈府拉上親善的關係。

第二次，劉姥姥存著感恩的心，帶著自家田裡種的瓜果蔬菜，上門表達謝意。正好賈母也喜歡與同齡的老人家閒談，於是帶著劉姥姥參觀大觀園。鳳姐與丫鬟鴛鴦，為了逗賈母開心，囑咐劉姥姥在用餐時「演出」，讓賈母及眾人歡樂不已。

這段故事乍看是一齣喜劇，但隱藏在笑鬧底下的，卻含有嚴肅的議題。作者頗有深意的將劉姥姥當作一面「鏡子」，用她來照見幾個主要人物的性格，也用她來反映貧富階層的問題，可以說是「一箭數鵰」。

現在，請隨著閱讀理解，來看劉姥姥這面「鏡子」的作用：

照出每個人物的性格

劉姥姥那句「超驚典」的：「老劉，老劉，食量大如牛，吃個老母豬，不抬頭！」就像一面鏡子，將每個人物的性格照了一遍：

1. 史湘雲：「湘雲撐不住，一口茶都噴了出來。」身為千金小姐，卻有噴茶的舉動，豈不失了閨秀的儀態？但曾經醉臥在石頭上的湘雲，性格爽朗豪邁，並不在乎小節，「噴茶」也只是剛好而已。

2. 林黛玉：「黛玉笑岔了氣，伏著桌子只叫『噯喲』。」黛玉體弱多病，尤其氣管偏弱，經常咳嗽，這一笑，除了伏在桌子上，恐怕還狂咳不已。當別人開懷的笑著，黛玉卻要背負健康的負擔，頗令人憐憫。

3. 賈寶玉：「寶玉早滾到賈母懷裡，賈母笑的摟著寶玉叫『心肝』。」寶玉還是十幾歲的孩子，又是賈母最寵的孫兒，他經常坐在賈母身旁，遇到好笑的事，自然順勢「滾」到祖母的懷裡，可見祖孫之親密。

4. 王夫人：「王夫人笑的用手指著鳳姐，卻說不出話來。」王夫人看穿這是鳳姐製

造的喜劇效果，用手指著她，不無嗔怪之意，怪她這般對待客人。

5.薛姨媽：「薛姨媽也撐不住，口裡的茶噴了探春一裙子。」薛姨媽與王夫人是姊妹，正是對比。王夫人端凝嚴肅，所以對鳳姐帶有指責；薛姨媽平日熱情親切、沒架子，「噴茶」正符合她平日的表現。

6.賈探春：「探春手裡的茶碗都合在迎春身上。」探春是個有抱負、有作為的女性，舉止無不流露出英爽剛毅之氣，「合茶碗」正是爽直明快的動作。

7.賈惜春：「惜春離了座位，拉著他奶母叫『揉揉腸子』。」寶玉的對象是賈母，惜春撒嬌的對象卻是奶母，可見她年紀最小，也沒有親密的親族長輩。

劉姥姥以誇張的表演，逗引出眾人的失態，而這些失態所流露出來的，卻是最真的性情。然而在笑鬧中，獨不見薛寶釵的反應，可見她有多麼端莊矜持。

照出階層的落差

劉姥姥在賈府的這頓飯局裡，其實也照見了貧窮與富貴兩種階層的落差。先是劉姥姥拿起象牙鑲金的筷子，感覺「沉甸甸的不伏手」。鄉下人用慣了木頭的筷子，怎習慣用金的？所以她說：「這個叉巴子，比我們那裡的鐵掀還沉。」

接著寫劉姥姥不識鳥蛋：「這裡的雞兒也俊，下的這蛋也小巧。」這時鳳姐說話了：「一兩銀子一個呢，你快嘗嘗吧！」在玩笑中仍不忘炫富。後來劉姥姥將蛋滾在地上，嘆道：「一兩銀子，也沒聽見個響聲兒就沒了！」作者在這裡暗指賈府就像沒響聲似的，一點一滴的敗落中。

最後，下人給劉姥姥換上一雙烏木鑲銀的筷子，她有感而發：「去了金的，又是銀的，到底不及俺們那個伏手。」作者又借題發揮，以金銀象徵財富，暗喻富貴人家也難逃無常，唯有平凡的生活，才是真正的幸福。

現在，不妨讓我們模仿這種說故事的方法，設定一個「鏡子」般的人物，讓他映照出現世裡的真實。

【3分鐘說故事】圍爐

大年初一圍爐，長輩們吃一鍋，孩子們一鍋，姑姑在女兒婷婷旁邊照看著。表哥柏翰將湯匙伸入煮得沸騰的鍋裡，撈出一顆貢丸，卻不小心將貢丸滑落到鍋裡，濺出幾點湯汁。柏翰被湯汁噴到手腕，他拿出衛生紙擦拭了，繼續打撈貢丸。小表妹盈珍「哎喲」了一聲，姊姊盈珊馬上抓過她的手，看看她有沒有燙傷。最小的婷婷呆住了，不知該怎麼反應。姑姑皺著眉頭，用眼角的餘光瞄了柏翰一眼，拍拍婷婷的衣服，輕聲說：「怎麼不小心一點！」在不引起眾人的注意下，就將女兒抱到長輩桌吃火鍋了。

寫作分析：

柏翰就是一面「鏡子」。柏翰是個男孩，個性粗枝大葉，自己被湯汁噴到都不在意，也忽略了關心其他人。盈珍是嬌嬌女，被噴一下就大驚小怪，從姊姊立刻給予關心，可想見她在家應該頗受嬌寵。婷婷母親的反應就有趣了，想責怪柏翰，又不好意思，只好假裝說女兒不小心，實際上是責備柏翰，同時趕快帶女兒離開，也有一點小心眼的樣子。這種一箭數鵰的寫法非常有趣，值得學習。

【實戰寫作演練】

請參考〈劉姥姥進大觀園〉及〈圍爐〉，也塑造一位「**鏡子**」作用的人物，映照出每個人物的**性格**，寫成一篇**兩百五十字以內**的短文：

1.先想出有**許多人物同時在**一**起**的場景，描述這些人的名字和身分。

2.從這些人物選出一個「**鏡子**」人物，他要負責製造**事件**。

3.分別敘述這些人物在**事件發生後**，所表現出來的**舉止**、**神態**。

4.請將上面的寫作材料整理好，寫成一篇**兩百五十字以內**的短文。

卷二

《西遊記》與《水滸傳》的人性試煉場

10 數大便是美，用「多」書寫熱鬧：孫悟空大戰魔王

【故事課】

熱鬧的故事人人愛聽，這種故事有個特色，就是「多」。

主角只有一個，但是配角眾多；動詞用得多，動作也多；色彩繽紛，顏色多；形容詞多，讓人看得眼花繚亂。

雖然「多」是故事的特色，但是安排得有條不紊，多而不雜，同時加入喜感，場面自然熱鬧非凡。

【讀經典故事】

明・吳承恩《西遊記・二回　悟徹菩提真妙理，斷魔歸本合元神》節錄猴王喝道：「這潑魔這般眼大，看不見老孫！」魔王見了，笑道：「你身不滿四尺，年不過三旬[1]，手內又無兵器，怎麼大膽猖狂，要尋我見什麼上下？」悟空罵道：「你這潑魔，原來沒眼！你量我小，要大卻也不難。你量我無兵器，我兩手勾著天邊月哩！你不要怕，只喫老孫一拳[2]！」縱一縱，跳上去，劈臉就打。那魔王伸手架住道：「你這般矬矮[3]，我這般高長，你要使拳，我要使刀，使刀就殺了你，也喫人笑，待我放下刀，與你使路拳看。」悟空道：「說得是。好漢子！走來！」

那魔王丟開架子便打[4]，這悟空鑽進去相撞相迎。他兩個拳捶腳踢，一衝一撞。原來長拳空大，短簇堅牢。那魔王被悟空掏短脇[5]，撞了襠[6]，幾下觔節[7]，把他打重了。他閃過，拿起那板大的鋼刀，望悟空劈頭就砍。悟空急撤身，他砍了一個空。悟空見他兇猛，即使「身外身」法[8]，拔一把毫毛丟在口中嚼碎，望空噴去，叫一聲「變！」即變做三、二百個小猴，周圍攢簇[9]。

原來人得仙體，出神變化無方。不知這猴王自從了道之後[10]，身

上有八萬四千毛羽，根根能變，應物隨心[11]。那些小猴，眼乖會跳[12]，刀來砍不著，槍去不能傷。你看他前踴後躍，鑽上去，把魔王圍繞，抱的抱，扯的扯，鑽襠的鑽襠，扳腳的扳腳[13]，踢打撏毛[14]，摳眼睛[15]，捻鼻子[16]，抬鼓弄[17]，直打做一個攢盤[18]。這悟空才去奪得他的刀來，分開小猴，照頂門一下[19]，砍為兩段。領眾殺進洞中，將那大小妖精，盡皆剿滅。卻把毫毛一抖，收上身來。

【註解】

1. 旬：十年。三旬，三十歲。
2. 喫：承受。
3. 矬矮：身材短小。矬：音痤，矮小。
4. 架子：武術中的招數。
5. 脇：同「脅」，肋骨。
6. 襠：褲襠。
7. 觔節：筋肉骨節。觔，音筋。
8. 身外身：指由正身變化產生出來的其他分身。

9. 攢簇：聚集在一起。
10. 了道：領悟佛理。了，音瞭。
11. 應物：順應事物。
12. 眼乖：眼力好。
13. 扳腳：往下或往裡拉腳。
14. 撏毛：拉扯頭髮。撏：音尋，拉扯。
15. 摳眼睛：挖眼。
16. 捻鼻子：扭鼻。
17. 抬鼓弄：許多人把一個人抬起來讓他翻倒。
18. 直打做一個攢盤：圍起來像個盤子。引申為圍毆。
19. 頂門：頭頂、腦門處。

【引導式閱讀理解】

這段故事，是孫悟空大戰魔王的精采片段。大意是說，在孫悟空外出學習法術時，原來居住的「花果山，水濂洞」被一個魔王給霸占了，猴子、猴孫飽受欺凌。等到孫悟空學會「七十二變」和「觔斗雲」回來，就施展渾身解數與魔王相鬥。我

們來看看作者吳承恩，如何為這場打鬥營造熱鬧的氣氛。

《西遊記》本身就是一部充滿喜感的小說，在這個歡樂的故事中，總少不了熱鬧的場面掀起故事的高潮。作者為孫悟空與魔王設計了吵嘴的戲，兩人互相嘲笑對方的身高，又取笑對方武藝不精，一來一往的爭論不休。

接著，出現了不少打鬥的片段，拳腳之間熱鬧滾滾，令人目不暇給。作者在動作描寫方面十分出色，一拳一腳，都描述得相當細膩、寫實。最後是讀者最愛看的鬥法術、打群架，在這裡，我們才終於見識到什麼是「七十二變」。

我們平常寫作，也會寫到吃喜酒、過新年、過生日等熱鬧的場面，如果你想在故事中書寫「熱鬧」的場面，就可以向《西遊記》學習：

給主角來個特寫

故事敘述到精采之處，就會集中鏡頭給主角一個特寫，將他的語言、動作、神態等具體描繪出來，以突顯人物的特點。比如說，描述孫悟空拔一根毫毛，變出兩三百個小猴。一來，這招數宛如變魔術，讓讀者感覺驚奇；二來，可以具體的告訴我們，孫悟空的「七十二變」究竟是什麼本領。

越「多」越熱鬧

想描寫熱鬧的場面，就要把握「多」字訣：人多、動作多。寫的時候要像串接列車，一個接一個的將人物們的動作描述出來，動作與動作之間要很緊湊，才能渲染熱鬧的氣氛。比如說，孫悟空變出來的小猴們將魔王團團圍住，陣容盛大，本身就夠熱鬧的！倘若再加上精簡的用字，也會產生動作快速的感覺。

變換動詞以求變化

既然想營造熱鬧的氣氛，詞語就必須夠豐富才行！可以將你打算寫進故事的動作先列舉出來，並且**儘量變換動詞**。比如說，在這個故事中就用**鑽**、**扳**、**撏**、**摳**、**捻**等動詞，來形容孫悟空的動作，花招百出，讓魔王無法招架。

特別的收尾，留下驚奇

最後再將焦點拉回主角的身上，讓主角用一個特別的舉動結束這個事件。比如孫悟空抖了抖毫毛，所有的小猴子就不見了，統統被「收回去」，令人驚奇。閱讀這段故事可以發現，作者很懂得說故事的方法，將細節安排得層次井然。

熱鬧後的平靜，有時會給人寂寥的感覺，我們還可以在結尾描述主角在曲終人散之後感到惆悵，和前面的熱鬧對照，如此一來，故事也會更加深刻。

【3分鐘說故事】生日快樂！

我報告完畢，推了推眼鏡，放下講稿，正要走下台來，老師和同學們忽然鼓掌起來，掌聲似乎特別熱烈。

我正覺得奇怪，卻看到班長捧著蛋糕進來，對我說聲：「生日快樂！」然後突然用手指刮了些奶油往我臉上戳。我移動身體，他的手指就插進我的鼻孔，全班同學大笑。十幾個同學一擁而上，各自刮了些奶油，有抹臉的，有塗額的，有的往衣領擦，有的黏住頭髮，更有的將整盤蛋糕倒在我身上！我尖叫連連，同學們更興奮了，將我弄得面目全非——原來是個令人驚喜的生日派對。

我踏出教室，想去廁所清洗，忍不住回頭看著教室裡的老師、同學，心頭暖暖的，鼻頭卻酸酸的。即將畢業的我們，何時能像這樣再聚在一起？

寫作分析：

故事開頭用主角報告完作業、師生們鼓掌等平常的舉動，讓後面的熱鬧產生「驚喜」。中間用幾個動詞，寫同學們抹奶油的動作，比如：**戳**、**插**、**抹**、**塗**、**擦**、**黏**、**倒**等等，將一群人的動作集合起來寫，就營造出熱鬧和歡樂的氣氛了！

故事的結尾又拉回主角身上，寫他心中既開心、又不捨的心情，我們才知道，原來主角快要畢業了，這場生日派對別具意義。**寫人物其實就像在演戲，好的演員往往能將情緒複雜的層次展現出來，好的創作者也是如此。**

【實戰寫作演練】

請參考〈孫悟空大戰魔王〉和〈生日快樂！〉，書寫一個**熱鬧的場面**，並寫成一篇三**百字以內**的短文：

1. 決定**主角**是誰，描述他的**身分**和**性格特點**。

2. 設定**五個配角**，每個人都對主角做某個**動作**，請變換不同的**動詞**。

3. 決定發生了什麼**熱鬧的事**以及發生的**地點**。

4. 請將上面的寫作材料整理好，寫成一篇**三百字以內**的短文。

11 翻轉思考，讀出另類觀點：如來佛的賭賽

【故事課】

傳統的思維很難被打破，是因為習慣了，沿襲從前看問題的角度，就不容易產生新的想法。

所以我們需要翻轉思考，它像個膽大而沒有顧忌的孩子，推倒過去的刻板觀念，轉出新穎的想法。

顛覆思維，必然可以為故事創造出不平凡的驚奇。

【讀經典故事】

明・吳承恩《西遊記・七回　八卦爐中逃大聖，五行山下定心猿》節錄

佛祖道：「我與你打個賭賽，你若有本事，一觔斗打出我這右手掌中，算你贏，再不用動刀兵苦爭戰，就請玉帝到西方居住[1]，把天宮讓你[2]；若不能打出手掌，你還下界為妖，再修幾劫[3]，卻來爭吵。」

那大聖聞言[4]，暗笑道：「這如來十分好獃！我老孫一觔斗去十萬八千里。他那手掌，方圓不滿一尺[5]，如何跳不出去？」急發聲道：「既如此說，你可做得主張？」佛祖道：「做得！做得！」伸開右手，卻似個荷葉大小。那大聖收了如意棒，抖擻神威，將身一縱，站在佛祖手心裡，卻道聲：「我出去也！」你看他一路雲光，無影無形去了。佛祖慧眼觀看，見那猴王風車子一般相似不住，只管前進。

大聖行時，忽見有五根肉紅柱子，撐著一股青氣。他道：「此間乃盡頭路了。這番回去，如來作證，靈霄宮定是我坐也[6]。」又思量說：「且住！等我留下些記號，方好與如來說話。」拔下一根毫毛，吹口仙氣，叫「變！」變作一管濃墨雙毫筆，在那中間柱子上寫一行大字云：「齊天大聖，到此一遊。」寫畢，收了毫毛，又不

莊尊[7]，卻在第一根柱子根下撒了一泡猴尿。翻轉觔斗雲，逕回本處，站在如來掌內道：「我已去，今來了。你教玉帝讓天宮與我。」

如來罵道：「我把你這個尿精猴子！你正好不曾離了我掌哩！」大聖道：「你是不知。我去到天盡頭，見五根肉紅柱，撐著一股青氣，我留個記在那裡，你敢和我同去看麼？」如來道：「不消去，你只自低頭看看。」那大聖睜圓火眼金睛，低頭看時，原來佛祖右手中指寫著「齊天大聖，到此一遊。」大指丫裡，還有些猴尿臊氣。大聖吃了一驚道：「有這等事！有這等事！我將此字寫在撐天柱子上，如何卻在他手指上？莫非有個未卜先知的法術。我決不信！不信！等我再去來！」

好大聖，急縱身又要跳出，被佛祖翻掌一撲，把這猴王推出西天門外，將五指化作金、木、水、火、土五座聯山，喚名「五行山」，輕輕的把他壓住。

【注釋】

1. 玉帝：掌管天地的神，是道教系統地位最高的，又稱玉皇大帝。
2. 天宮：天神居住的宮闕。
3. 劫：佛教用語中一個極為長久的時間單位。
4. 大聖：孫悟空自稱「齊天大聖」。
5. 方圓：地方範圍。
6. 靈霄宮：神話傳說中玉皇大帝居住的宮殿。
7. 不莊尊：不尊重，不自重。

【引導式閱讀理解】

這段故事是《西遊記》中「孫悟空大鬧天宮」的精采段落。大意是說，孫悟空發現自己雖然在天庭擁有「齊天大聖」的官銜，卻有名無實，連蟠桃盛宴也不能參加，於是氣起來大鬧蟠桃宴，還逼玉帝讓位給他。在天兵天將與悟空輪番打鬥戰敗後，玉帝就派如來佛祖出馬降伏。

閱讀這個故事的時候，我們很容易就會落入善、惡二元對立的觀點，認為孫悟空無理取鬧；又因為佛祖給人大慈大悲、至高無上的印象，就認定佛祖在故事裡的作為沒有瑕疵，這樣其實就落入了作者所設的圈套。**我們在閱讀時，最需要的是擺脫「理所當然」的慣性思維，改用懷疑的眼光來推敲故事。**

首先要調整思考，先不去想孫悟空的「錯」或佛祖的「對」，改以客觀中立的態度看這個事件。接著，針對故事中的情節問自己幾個問題，然後試著回答：

孫悟空為什麼要「鬧天宮」？

孫悟空在第三回大鬧龍宮，得到兵器「如意金箍棒」，接著鬧了幽冥界，在生死簿刪掉自己的名字，得到長生不死。玉帝本想派人收伏他，但太白金星建議不如招安，給他個「弼馬溫」的官職，讓他去養馬。對天庭來說，只是希望悟空不要鬧事，方便管束，但對有才華的悟空來說，卻是一種羞辱。

後來悟空發現受辱，就回到花果山稱王，天兵天將還是無法收伏他，於是太白金星又建議安撫，封他為「齊天大聖」，這只是有名無實的空銜。「名不正，則言不順」，可想而知，悟空在天庭並不受其他天神的尊重，所以蟠桃宴就沒有他的分。他再度感到屈辱，憤而大鬧天宮，這回他要的是玉帝的位置。

試想，一個有才學的人在組織中受到埋沒、欺騙，感覺屈辱，是多麼令人難以忍受的事。站在孫悟空的立場思考，就不會輕易論斷他的對錯。

這個「賭賽」公平嗎？

佛祖提議賭賽，說如果孫悟空能飛出他的手掌心，就讓玉帝退位給他。但是這合理嗎？在小說中，位階在玉帝之下的佛祖，恐怕沒有這麼大的權力要求玉帝退位，悟空在答應賭賽前，應該多思考這個提議的可行性。

佛祖又提到，如果悟空輸了，就讓他回到下界為妖，繼續修行。但看到故事的最後，發現佛祖食言了，不但沒有讓悟空回去做妖，還將他壓在五行山下，「但他饑時，與他鐵丸子吃；渴時，與他融化的銅汁飲」，等到五百年後，才會有人前來救他。這不是坐牢嗎？而且是相當嚴厲的刑罰。

現在來翻轉思考：原來佛祖也會撒謊，會設下不公平的賭賽，而孫悟空受騙，

也是因為騙他的人是佛祖。以佛祖的道德位置去騙人，當然易如反掌，但是這樣對悟空極不公平。翻轉思考，你看到的世界就會不一樣。

故事有沒有「疑點」？

這段故事最大的疑點，就是出現在第七回最後的一張符咒「唵、嘛、呢、叭、咪、吽」。孫悟空被壓在五行山時，試圖掙扎，露出頭來，佛祖就叫人將符咒貼在山頂上，「那座山即生根合縫，可運用呼吸之氣，手兒爬出，可以搖掙搖掙」，也就是說，悟空可以伸頭、搖手和呼吸，但再也無法出來。

這符咒叫做「六字真言」，在故事中除了能鎮壓悟空，同時也有保護之意，藏傳佛教徒相信誦念此咒可往生極樂世界、解脫生死。所以佛祖是否有庇護悟空的意思？耐人尋味。佛祖將悟空「輕輕的」壓住，似乎不忍傷他，加上尋找取經人到西天取經，也是佛祖的意思，也許佛祖對悟空的未來早就有所安排了。

「翻轉思考，讀出另類觀點」，是培養閱讀素養、增進閱讀理解能力重要的關鍵。不妨試著練習將傳統觀念打破，寫出一段翻轉的短文。

大家都說「知足常樂」，但對我來說不是，我認為「不知足才會常樂」。在校讀書時，我的上學期成績往往比下學期高，因為剛開始學習一門困難的學科，我會想要征服它，願意花大量的心血去研讀，取得好的成績，因此感到快樂。

但是到了下學期，我自覺滿足，認為這門學科已經征服過了，就不會再投注太多心力，成績就不像上學期那麼亮眼。所以對我來說，時常懷抱「不知足」的心去學習，反而比較能夠激發潛力，也容易因此找到快樂。

寫作分析：

以前說「知足常樂」，是希望人們節制慾望，但是翻轉思考以後，發現這樣的節制可能會造成不進步。固然慾望需要節制，但慾望也往往是進步的力量，我們可以發現，在生活中，人們因為「想要」，才發明許多東西讓生活更便利。只要適當的運用「不知足」，它就會成為我們進步的動力，從而獲得快樂。

【實戰寫作演練】

請參考〈如來佛的賭賽〉和〈不知足才會常樂〉，推翻一個**傳統觀念**，並寫成一篇**兩百字以內**的短文：

1. 選擇一個**傳統觀念**，描述這個觀念的**意義**。

2. 將傳統觀念**翻轉**過來，並且為這個新觀念**說好話**。

3.請想出一個**事例**，用來印證這個新觀念是**正確**的。

4.請將上面的寫作材料整理好，寫成一篇**兩百字以內**的短文。

12 活用幽默感，讓故事變得超有趣：向豬八戒學幽默

【故事課】

幽默不只是開玩笑，更是一種人生的智慧。說故事的人，如果只打算靠插科打諢或讓角色出醜，就想搞定喜劇，觀眾是不會買帳的。有喜感的故事要有深厚的內蘊，讓幽默感展現出層次，既要能讓讀者發笑，又可以讓角色更有深度。

【讀經典故事】

明・吳承恩《西遊記・二十回　黃風嶺唐僧有難，半山中八戒爭先》節錄三藏道：「多蒙老施主不叱之恩[1]，我一行三眾。」老者道：「那一眾在哪裡？」行者指著道：「這老兒眼花[2]，那綠蔭下站的不是？」老兒果然眼花，忽抬頭細看，一見八戒這般嘴臉，就唬得一步一跌，往屋裡亂跑，只叫「關門！關門！妖怪來了！」行者趕上扯住道：「老兒莫怕，他不是妖怪，是我師弟。」老者戰兢兢的道：「好！好！好！一個醜似一個的和尚！」八戒上前道：「老官兒[3]，你若以相貌取人，乾淨差了[4]。我們醜自醜，卻都有用。」

那老者正在門前與三個和尚相講，只見那莊南邊有兩個少年人，帶著一個老媽媽，三四個小男女，斂衣赤腳[5]，插秧而回。他看見一匹白馬，一擔行李，都在他家門首喧嘩，不知是甚來歷，都一擁上前問道：「做什麼的？」八戒調過頭來，把耳朵擺了幾擺，長嘴伸了一伸，嚇得那些人東倒西歪，亂蹽亂跌[6]。慌得那三藏滿口招呼道：「莫怕！莫怕！我們不是歹人，我們是取經的和尚。」那老兒才出了門，攙著媽媽道[7]：「婆婆起來，少要驚恐。這師父，是唐朝來的，只是他徒弟臉嘴醜些，卻也面惡人善。帶男女們家去。」那

媽媽才扯著老兒，二少年領著兒女進去。

三藏卻坐在他門樓裡竹床之上，埋怨道：「徒弟呀，你兩個相貌既醜，言語又粗，把這一家兒嚇得七損八傷[8]，都替我身造罪哩[9]！」八戒道：「不瞞師父說，老豬自從跟了你，這些時俊了許多哩。若像往常在高老莊時，把嘴朝前一掬[10]，把耳兩頭一擺，常嚇殺二三十人哩[11]。」

【注釋】

1. 叱：音斥，大聲責罵。
2. 老兒：老翁。
3. 老官：對別人的尊稱。
4. 乾淨：簡直、完全。差，錯誤。
5. 斂衣：聚集零碎布頭所製成的衣服。

6. 踹：音嗆，走路歪歪倒倒的樣子。
7. 攙：音摻，牽挽、扶持。媽媽：對年長婦人的稱呼。
8. 七損八傷：形容損傷極為嚴重。
9. 造罪：作惡、造孽。
10. 掬：噘、翹起。
11. 殺：音煞，甚、極。
12. 忒：音特，過分。沒眼色：沒有眼光。
13. 俊刮：漂亮。
14. 筋：肌肉。
15. 躲門戶：躲債。
16. 番番是福：所遇到的都是幸運、順利的事。
17. 好漢：強盜。
18. 受用腥羶：指吃肉食。
19. 務腳：睡在人的腳部，用身體使人腳溫暖。

有一種幽默叫做「自嘲」，它代表你接受自己的不完美，是幽默的最高境界，如果能在故事中巧妙運用，不但能帶來笑果，還能夠展現人物的智慧。

在「黃風嶺唐僧有難」一回，唐三藏和徒弟孫悟空、豬八戒、沙悟淨來到黃風嶺，打算向一戶人家借宿，但悟空、八戒的相貌卻嚇壞了這家人，老翁甚至嚇得說他們是「妖怪」。這時，八戒展現了幽默，成功化解眼前的尷尬。

美醜是天生的，一般人聽見老翁的嫌棄、唐僧的抱怨，可能很難接話，或像悟空這麼講：「你這老兒，忒也沒眼色[12]！似那俊刮些兒的[13]，叫做中看不中喫。想我老孫雖小，頗結實，皮裡一團筋呢[14]！」戰鬥型的悟空果然很會「反擊」。

相較之下，八戒的回答就相當有智慧，他沒有反擊師父，卻先藉機誇獎師父一番，說我跟著你修行，才變帥了一些，拍足馬屁；另一方面，暗示變帥是修行帶來的好處，完全投師父所好。接著，又拿自己以前的「醜」和現在來比，說自己的長相進步很多了，順道讚美自己，言詞相當圓融。

這種自嘲的幽默，為故事增添許多**笑果**。此外，八戒還有幾種幽默的方法：

用「神邏輯」搞笑

在第二十一回的黃風嶺上，唐僧被抓，八戒帶著眼睛受傷的悟空投宿民家，隔天醒來，房子消失了，八戒卻說：「他搬了，怎麼就不叫我們一聲？通得老豬知道，也好與你送些茶果。想是躲門戶的[15]，恐怕里長曉得，卻就連夜搬了。」

在正常的情況下，房子不會憑空消失，除非有人裝神弄鬼。八戒自然清楚這個道理，他只是故意用錯誤的邏輯取笑那家人，說他們連同房子消失，是躲債去了。在落難時還不忘幽默，是八戒性格上的特點。

開個玩笑別當真

第二十六回中，悟空在五莊觀打壞了人參果樹，為了不讓師父念緊箍咒，就請來福、祿、壽三位神仙向師父求情。一旁的八戒卻戲弄福星，翻遍他全身找吃的，笑稱：「此叫做番番是福[16]。」出門時，八戒瞪著眼睛看福星，笑說：「不是恨你，這叫回頭望福。」後來又拿著四把茶匙亂敲亂打，說：「不是不尊重，這叫做四時

吉慶。」八戒拿三位神仙的名字開玩笑，充分表現他的機智。

善用諧音，讓幽默感加成

第三十七回中，唐僧一行人來到寶林寺，晚上遇見烏雞國國王託夢。唐僧驚醒，連忙叫：「徒弟！徒弟！」八戒醒道：「什麼『土地土地』？當時我做好漢[17]，專一吃人度日，受用腥膻[18]，其實快活，偏你出家，教我們保護你跑路。原說只做和尚，如今拿做奴才，日間挑包袱、牽馬，夜間提尿瓶、務腳[19]！這早晚不睡，又叫徒弟作甚？」既抒發被吵醒的不滿，又用幽默感發了一頓牢騷。

聰明的人，才有幽默的本事，雖然故事中稱八戒為「獃子」，其實他大智若愚，在西天取經的路上，有了八戒幽默的言談，實在賞心樂事！

在歷史博物館逛了一圈後，我在一本老舊的國語課本面前找到發呆的姊姊。我湊過去看，課本上寫著：「第六課，爸爸捕魚去。天這麼黑，風這麼大，爸爸捕魚去，為什麼還不回家？」我回頭看姊姊，只見她嘴角微微的抽搐，幽幽的說：「當我發現小學時用的東西陳列在博物館，就知道我也是個老古董了。」

寫作分析：

以往我們在博物館看到的都是上百年、上千年的歷史文物，這些都距離我們很遠，但如果有一天，你在博物館中看到小時候用過的東西，會不會突然覺得自己老了呢？姊姊用幽默的話自嘲，但光有對白是不夠的，還要再加上「嘴角微微的抽搐」、「幽幽的說」，把表情作足，才能將幽默的笑果發揮出來。

【實戰寫作演練】

請參考〈向豬八戒學幽默〉和〈老古董〉，將**幽默感**融入故事裡面，並寫成一篇**兩百字以內**的短文：

1. 決定這個**喜劇**的主角是誰？描述他的**身分**和**性格**。（比如，也許他有些怪癖）

2. 決定**配角**的身分，他將和主角演對手戲，描述你希望配角發揮的**作用**。

3. 什麼**事件**讓主角發揮幽默感？請為他想幾句幽默的**對白**。

4. 請將上面的寫作材料整理好，寫成一篇**兩百字以內**的短文。

13 人性的試煉場，讓衝突產生絢麗火花：孫悟空三打白骨精

【故事課】

「衝突是戲劇之本」，是說故事的最高指導原則。

在故事中，有衝突才會有火花；有火花，故事才不會乏味，所以作家們都會安排爭執的場面。

尤其是團隊合作的主題，總要讓主角們吵架、決裂，最後和好，讀者才會覺得感動。

如果主角衝突的對象是他自己，也有同樣的效果。

【讀經典故事】

明．吳承恩《西遊記．二十七回　屍魔三戲唐三藏，聖僧恨逐美猴王》節錄

1. 妖精作怪，八戒挑撥

好妖精，按聳陰風，在山坡下搖身一變，變做一個老公公，真個是：「……數珠掐在手，口誦南無經。」唐僧在馬上見了，心中大喜道：「阿彌陀佛！西方真是福地！那公公路也走不上來，逼法的還念經哩。」八戒道：「師父，你且莫要誇獎，那個是禍的根哩。」唐僧道：「怎麼是禍根？」八戒道：「師兄打殺他的女兒，又打殺他的婆子，這個正是他的老兒尋將來了。我們若撞在他的懷裡啊，師父，你便償命，該個死罪；把老豬為從，問個充軍[1]；沙僧喝令，問個擺站[2]；那師兄使個遁法走了，卻不苦了我們三個頂缸[3]？」

行者笑道：「我是個做虁虎的祖宗[4]，你怎麼袖子裡籠了個鬼兒來哄我？你瞞了諸人，瞞不過我！我認得你是個妖精！」那妖精唬得頓口無言。行者掣出棒來[5]，自忖道[6]：「若要不打他，顯得他倒弄個風兒[7]；若要打他，又怕師父念那話兒見怪[8]。」又思量道：「不打殺他，他一時間抄空兒把師父撈了去，卻不又費心勞力去救他？……還打的是！就一棍子打殺，師父念起那咒，常言道：『虎毒不喫兒。』憑著我巧言花語，咀伶舌便，哄他一哄，好道也罷了。」

好大聖，念動咒語，叫當坊土地[9]、本處山神道：「這妖精三番來戲弄我師父，這一番卻要打殺他。你與我在半空中作證，不許走了。」眾神聽令，誰敢不從，都在雲端裡照應。那大聖棍起處，打倒妖魔，纔斷絕了靈光[10]。

唐僧道：「猴頭！還有甚說話！出家人行善，如春園之草，不見其長，日有所增[11]；行惡之人，如磨刀之石，不見其損，日有所虧[12]。你在這荒郊野外，一連打死三人，還是無人檢舉，沒有對頭；倘到城市之中，人煙湊集之所，你拿了那哭喪棒[13]，一時不知好歹，亂打起人來，撞出大禍，叫我怎的脫身？你回去罷！」

行者道：「師父錯怪了我也。這廝分明是個妖魔，他實有心害你。我倒打死他，替你除了害，你卻不認得，反信了那獃子讒言冷語[14]，屢次逐我。常言道：『事不過三。』我若不去，真是個下流無恥之徒。……」

【注釋】

1. 充軍：古時刑罰。遣發罪犯到遠地服役。
2. 擺站：古時刑罰。在驛站中充當驛卒或苦差。
3. 頂缸：待人受過。
4. 㦬：音掐，嚇人的模樣。
5. 掣：音撤，抽取。
6. 自忖：思考。
7. 弄風兒：搞把戲騙人。
8. 念那話兒：指念緊箍咒。觀音菩薩傳授給唐僧的咒語，可將套在孫悟空頭上的金箍縮緊，使他頭痛難忍。
9. 當坊土地：當地的土地神。
10. 靈光：指性命。
11. 「出家人行善～日有所增」等句：指行善就像草的生長，默默的每日都有所增長。
12. 「行惡之人～日有所虧」等句：行惡就像磨刀石，默默的每日都會傷害自身。
13. 哭喪棒：喪家出殯時，孝子所執的竹棒。諷刺孫悟空的金箍棒總是打死人。
14. 獃子：指豬八戒。行者是指孫悟空。
15. 莊台：舊時一般家庭供奉的神靈牌位。

「三打白骨精」是《西遊記》中最經典的篇章之一，也是在民間普遍流傳的故事。大意是說，唐僧一行人來到一個鬼地方，那裡相當荒僻，無處化緣，大夥兒肚子餓，只好由孫悟空駕起觔斗雲，去摘些桃子回來。卻沒想到，白骨精趁著悟空不在，變成妙齡姑娘帶著食物來哄騙唐僧，想吃他的肉。

唐僧、八戒本來上當了，但悟空回來，用火眼金睛識破，一棒就打死了白骨精。其實白骨精只是詐死，留下假屍首，又化身老太太、老翁前來詐騙，同樣又被悟空打死，「三打」之後，唐僧已完全不信任悟空。唐僧責怪悟空殺人，八戒又在旁邊挑撥，沙僧冷眼旁觀，導致悟空終於被師父逐出師門。

真正的敵人從來都不是來自外部，這次的考驗並不是來自白骨精，而是團隊中的矛盾。白骨精不是法力高強的對手，但是悟空有個「豬隊友」八戒，加上唐僧的堅持，讓悟空在立下功勞後，反而被念緊箍咒，離開了取經團隊。

作者最高妙的手段，就是藉由一個事件，讓故事中的主角們彼此衝突，產生火花。現在，就讓我們深入的閱讀理解，讀出故事的獨到之處：

唐三藏不明是非

唐三藏雖然是金蟬子轉世，但看他的表現，只是一個普通人。比如在荒郊野外，突然出現一個妙齡女子帶著香米飯、炒麵筋來「齋僧」，三藏竟不覺得奇怪。後來妖怪變成八十歲的老婆婆、老公公，八戒說是女子的父母，三藏也不懷疑年齡不合理的問題。這樣不免讓人覺得，三藏不是太有同情心，就是太怕事，悟空殺死妖怪，他擔憂的竟然是：「撞出大禍，叫我怎的脫身？」

三藏的缺點幾乎是致命的：他輕易相信八戒，卻不信任悟空，面對妖怪時，常有婦人之仁，多次差點被害。三藏與悟空，一個不明是非，一個逢怪必殺，兩人間的矛盾拉扯，使故事更加精采。

孫悟空逢怪必殺

孫悟空是猴妖修練而成，後來皈依佛法，很瞭解邪魔外道，他說：「老孫在水濂洞內做妖魔時，若想人肉喫，便是這等；或變金銀，或變莊台[15]，或變醉人，或變女色。」由於這樣，成為「孫悟空」的他對妖怪極為痛恨，只要遇上妖怪，幾乎就是打殺，沒有第二句話，價值觀顯然與信仰「不可殺生」的唐僧相牴觸。

這其實也是側面點出佛教的盲點：雖說殺生殘忍，但一概不殺生的結果，可能就是不明是非。悟空像一面照妖鏡，映照出現世裡的真實。

豬八戒讒言巧語

八戒象徵世俗人類的慾望和缺點，而悟空總是揭穿他這一面，於是兩人就成為死對頭，有時合作，有時互扯後腿，為故事增加了不少看點。出於對悟空的不滿，八戒時常向唐僧進讒言，當白骨精被打死現出真身時，他說悟空：「只怕你念那話兒，故意變化這個模樣，掩你的眼目哩！」讓悟空氣得半死。

八戒與悟空，一個懶惰無能，一個勇猛善戰，是除了唐僧以外與悟空的另一個對照，他的憊懶也製造許多幽默，是故事中最有趣的人物。

沙悟淨冷眼旁觀

悟淨平常不與悟空對立，但悟空需要他時，他也不會為悟空說句公道話。在「三打白骨精」一回，悟空被逐後，拜別師父，就將師父託付給沙僧，說倘若遇到妖怪可提「孫悟空」的名字，便能退敵。但沙僧卻說：「我是個好和尚，不提你這歹人的名字。」他的冷眼旁觀，也是「豬隊友」的一種表現。

「打白骨精」的事件，彷彿是人性的試煉場，讓人物們彼此衝突、決裂，這些互動使人物的形象更鮮明，也讓故事更精采。你也可以寫寫看！

【3分鐘說故事】得到寶貝！

大宇和女友海蘭、同學佳芬走了很久，終於在山洞中找到藏寶箱。大宇便去找石頭打算敲開鎖頭。等大宇走遠，佳芬忽道：「昨晚大宇來找我，他什麼也沒說，只是在我的手機輸入他的電話。」海蘭沒說話。大宇回來了，敲開鎖頭，三個人開始分配珍寶。海蘭見大宇將一對黃金燦爛的耳環給佳芬，再也忍不住，忿忿的丟下珍寶就離開了。一年後，海蘭在社群網站看到佳芬的照片，標題是「得到寶貝」，只見佳芬穿著婚紗，戴著黃金耳環，與大宇挽著手，燦爛的笑著。

寫作分析：

佳芬善於操控人心，她利用海蘭性格的弱點，趁著大宇不在，進行挑撥離間。海蘭卻不懂得查證，便將佳芬的話擱在心裡，加上看見男友將漂亮的黃金耳環先給了佳芬，兩件事加在一起，使她醋勁大發，衝動得與大宇分手，連珍寶都不要了。後來才發現，佳芬是最大的贏家，大宇、耳環，兩個寶貝全都得了。

【實戰寫作演練】

請參考〈孫悟空三打白骨精〉和〈得到寶貝！〉，構思一個主角們發生**衝突**的故事，並寫成一篇**兩百字左右**的短文：

1. 設定**主角**，至少要三**位**，簡單描述他們的長相、身分和性格。

2. 構思一個**事件**，讓主角們有產生**衝突**（吵架、分手、決裂）的機會。

3. 為**挑撥離間**的那個角色，想幾句主要的**對白**。

4. 請將上面的寫作材料整理好，寫成一篇**兩百字左右**的短文。

14 天外飛來巧妙的比喻：魯達拳打鎮關西

【故事課】

比喻其實就是一種「翻譯」，把現實世界的東西，翻譯成想像世界裡的另一事物。

尋找好的比喻需要豐富的常識、靈活的思考與高度的同理，而創造比喻的過程更能夠磨練思考。

說故事用比喻，不僅能夠精簡字數，還能增強閱讀的樂趣與表達的力量！

【讀經典故事】

明．施耐庵《水滸傳．三回　史大郎夜走華陰縣，魯提轄拳打鎮關西》節錄鄭屠右手拿刀，左手便來要揪魯達；被這魯提轄就勢按住左手[1]，趕將入去，望小腹上只一腳，騰地踢倒在當街上。魯達再入一步，踏住胸脯，提著那醋鉢兒大小拳頭，看著這鄭屠道：「洒家始投老種經略相公[2]，做到關西五路廉訪使，也不枉了叫做『鎮關西』！你是個賣肉的操刀屠戶，狗一般的人，也叫做『鎮關西』！你如何強騙了金翠蓮的[3]？」撲的只一拳，正打在鼻子上，打得鮮血迸流，鼻子歪在半邊，卻便似開了個油醬鋪，鹹的、酸的、辣的，一發都滾出來。鄭屠掙不起來[4]，那把尖刀也丟在一邊，口裡只叫：「打得好！」魯達罵道：「直娘賊！還敢應口！」提起拳頭來就眼眶際眉稍只一拳，打得眼稜縫裂，烏珠迸出，也似開了個彩帛鋪的，紅的、黑的、絳的，都綻將出來。

兩邊看的人懼怕魯提轄，誰敢向前來勸？

鄭屠當不過[5]，討饒。魯達喝道：「咄！你是個破落戶[6]！若只和俺硬到底[7]，洒家倒饒了你！你如今對俺討饒，洒家偏不饒你！」又只一拳，太陽上正著[8]，卻似做了一個全堂水陸的道場[9]，磬兒、

鈸兒、鐃兒一齊響。魯達看時，只見鄭屠挺在地上，口裡只有出的氣，沒了入的氣，動彈不得。

魯提轄假意道：「你這廝詐死，洒家再打！」只見面皮漸漸的變了。魯達尋思道：「俺只指望痛打這廝一頓，不想三拳真個打死了他。洒家須喫官司，又沒人送飯，不如及早撒開[10]。」拔步便走。回頭指著鄭屠道：「你詐死！洒家和你慢慢理會[11]！」一頭罵，一頭大踏步去了。

【注釋】

1. 魯提轄：小說中出現的宋朝官名。魯達因為官職而稱魯提轄，出家後稱魯智深。
2. 洒家：宋元時關西一帶人的自稱。老種經略相公：老種，名種諤，北宋著名鎮守邊塞的大將。經略是官職名，相公是對這官職的尊稱。
3. 金翠蓮：小說中的落難女子，被鄭屠強占為妾，又被正室趕出，與父親流落街頭，被魯達、史進相救。

4. 掙：用力支撐。

5. 當：音擋，匹敵、抵抗。

6. 破落戶：門第衰落的無賴子弟。

7. 俺：我，北方方言的自稱。

8. 太陽：太陽穴的簡稱。

9. 水陸道場：一種佛教法會。水陸是概括六道眾生的生存環境，故稱為「水陸道場」。

10. 撒開：躲開。

11. 理會：評理、理論。

【引導式閱讀理解】

「拳打鎮關西」是《水滸傳》中最精采的片段之一，作者施耐庵以高超的藝術手法，將魯達三拳打死鎮關西的精采場面，呈現在我們面前，鮮活的展現了魯達的俠義性格和文學上的不朽形象。

故事是說，魯達與史進在酒店認識了賣唱的美貌女子金翠蓮，聽說鄭屠強娶金

翠蓮為妾，鄭妻又將她父女趕出來，身無分文的她只好在酒店賣唱。魯達就把身上所有的錢都給了他們父女，讓他們返回家鄉，再去找鄭屠算帳。

作者將魯達的天生神力及深藏在血液裡的正義感，刻畫得入木三分。然而他不只這一身好武藝，雖然他的性格粗魯豪放，卻「粗中帶細」，他發現自己打死鄭屠，便急中生智，假裝鄭屠活著，再趁旁人不注意時趕快逃跑。

作者在寫到血淋淋的「拳打」片段時，拋棄了白描寫實的方式，而是透過巧妙的比喻，生動又帶有幽默感的，將鄭屠的慘狀呈現出來。故事中的三拳，用了三種比喻，分別是油醬鋪、彩帛鋪和水陸道場，值得我們仔細閱讀：

第一拳：鼻骨骨折

魯達先將鄭屠踢倒在地，腳踏在他的胸膛上，然後一拳打下去。這時鄭屠雖然鼻子被打歪了，卻沒有立時的生命危險，所以仍不服輸，賭氣似的叫了一聲「打得好！」這番挑釁，又引來了魯達的第二拳。

作者用「開了個油醬鋪」、「鹹的、酸的、辣的」比喻鄭屠流血的慘狀，血的味道又鹹又酸，夾雜著熱辣辣的疼痛，同時包含了味覺與觸覺兩種感官感覺。

第二拳：眼眶骨折

魯達的第二拳打在鄭屠的眼眶，打得鄭屠「眼稜縫裂」，說明有眼眶骨折發生，而「烏珠迸出」，則是骨折後壓迫眼球，使得眼球突出眼眶，傷勢比第一拳還要嚴重，但這時還沒有真正的危及性命。

這裡用「開了個彩帛鋪」及「紅的、絳的」來形容血的顏色，「黑的」是指黑眼球，鄭屠的慘狀被描寫得色彩繽紛。在挨過第二拳以後，鄭屠才開始求饒。

第三拳：腦部重傷

魯達看見鄭屠求饒，沒想到他這麼沒用，就更看不起他了，於是一拳打在他的太陽穴上，這是致命的關鍵部位。如果鄭屠硬氣，死不投降，說不定魯達還會敬他三分；但是他欺負弱小，自己又懦弱，就不可饒恕了。

鄭屠挨揍以後，有可能產生耳鳴的現象，所以用「做了一個全堂水陸的道場」來比喻，說他聽到「磬兒、鈸兒、鐃兒一起響」，就倒在地上死了，「口裡只有出的氣，沒有入的氣」，而做法事的比喻，也是對鄭屠垂死的一種譏嘲。

這三拳分別用感官感覺引起我們的想像，將誇飾和比喻靈活運用，讓描寫更加生動，也使得場面更加傳神。又用各種店鋪比喻，呈現市場的氣息，是很有創意的方式，我們也可以用類似的方法，創造出一段成功的場面描寫。

【3分鐘說故事】拔河比賽

終於進入拔河比賽的第三場：決賽！參賽的同學們神情嚴肅，緊握著拉繩，隨時準備用力。一聲哨音聲響起，「加油！加油！」觀賽者的吶喊聲聲勢驚人，原本安靜的賽場又沸騰起來了。

我方的隊長做出一個手勢，同學們同時發出力氣，就像短跑的跑者同時起步，爆發力十足。但對方也不簡單，還能鎮定的支持住。接著隊長做了第二個手勢，同學們再度用力，就像長跑的跑者耐力堅持，力氣持久而綿長。對方開始像喝醉酒一樣東倒西歪，陣腳大亂，眼看就要整個被拉過來了。

最後，隊長再做出第三個手勢，同學們大喝一聲，同時出力，宛如提起沉重的鉛球，對方就像成串的粽子，一個個順勢被拉出了中線之外。

寫作分析：

這段故事的比喻，完全圍繞著運動比賽來設想，「短跑」、「長跑」、「提鉛球」，全部是運動場上的競技項目，用它們來比喻同學們拔河時的施力狀態，也能夠呈現運動場上的環境和氣氛，相當「應景」。

拔河的三次用力則有**層層遞進**的效果，從剛開始的爆發力，中間的持久戰，到最後順勢得勝，符合真實的比賽情況，而對方一次比一次居於劣勢，也是相當合理的描寫。善用巧妙的比喻，就能讓文章變得更生動，使人印象深刻。

【實戰寫作演練】

請參考〈魯達拳打鎮關西〉和〈拔河比賽〉，運用**層遞法**和**比喻**來描寫一個場面，並寫成一篇**三百字以內**的短文：

1. 先設想一件**事**，你進行了三次，終於**成功**。將事件簡單敘述出來。

2. 將三次的過程用**層遞法**來描述，每一次都用一個**比喻**。

3. 事情成功後，你的內心有什麼**感想**，請描述出來。

4. 請將上面的寫作材料整理好，寫成一篇**三百字以內**的短文。

15 先聲奪人，宛如天神降臨的出場：魯智深大鬧野豬林

【故事課】

在對戰的時刻，如果搶先用強大的聲勢把對方嚇倒，就算拿到贏家的資格了，這叫做「氣場強」！

所以在說故事時，若希望主角具有氣勢，就先將他隱藏起來，讓聲音或武器在第一線威嚇對手。

「只聞其聲，不見其人」，將增添主角的神祕性。

【讀經典故事】

元·施耐庵《水滸傳·九回　柴進門招天下客，林冲棒打洪教頭》節錄

話說當時薛霸雙手舉起棍來望林冲腦袋上便劈下來[1]。說時遲，那時快：薛霸的棍恰舉起來，只見松樹背後，雷鳴也似一聲，那條鐵禪杖飛將來[2]，把這水火棍一隔[3]，丟去九霄雲外，跳出一個胖大和尚來，喝道：「洒家在林子裡聽你多時[4]！」

兩個公人看那和尚時，穿一領皂布直裰[5]，跨一口戒刀[6]，提著禪杖，輪起來打兩個公人。林冲方纔閃開眼看時，認得是魯智深。林冲連忙叫道：「師兄！不可下手！我有話說！」智深聽得，收住禪杖。兩個公人呆了半晌[7]，動彈不得。林冲道：「非干他兩個事；盡是高太尉使陸虞侯分付他兩個公人[8]，要害我性命。他兩個怎不依他？你若打殺他兩個，也是冤屈！」

魯智深扯出戒刀，把索子都割斷了，便扶起林冲，叫：「兄弟，俺自從和你買刀那日相別之後[9]，洒家憂得你苦！自從你受官司，俺又無處去救你。打聽得你刺配滄州，洒家在開封府前又尋覓不見，卻聽得人說監在使臣房內[10]。又見酒保來請兩個公人，說道『店裡一位官人尋說話』。以此，洒家疑心，放你不下；恐這廝們路上害

你[11]，俺特地跟將來。見這兩個撮鳥帶你入店裡去[12]，洒家也在那店裡歇。夜間，聽得那廝兩個做鬼，把滾湯賺了你腳[13]，那時俺便要殺這兩個撮鳥，卻被客店裡人多，恐防救了。洒家見這廝們不懷好心，越放你不下。你五更裡出門時[14]，洒家先投奔這林子裡來等殺這廝兩個撮鳥。他倒來這裡害你，正好殺這廝兩個！」

林冲勸道：「既然師兄救了我，你休害他兩個性命。」魯智深喝道：「你這兩個撮鳥！洒家不看兄弟面時，把你這兩個都剁做肉醬！且看兄弟面皮，饒你兩個性命！」就那裡插了戒刀，喝道：「你這兩個撮鳥，快攙兄弟，都跟洒家來！」提了禪杖先走。兩個公人哪裡敢回話？只叫：「林教頭救俺兩個！」依前背上包裹，拾了水火棍，扶著林冲，又替他拕了包裹[15]，一同跟出林子來。

【注釋】

1. 薛霸：與董超同為負責押解林冲前往滄州服刑的公人，受高太尉收買，欲在野豬林殺害林冲，被魯智深揭穿。
2. 禪杖：本是僧侶用具，用竹子製成，以棉裏其一端。在《水滸傳》中，魯智深用的是鐵鑄的禪杖，作為武器。
3. 水火棍：古時差役用的木棍，一半紅色，一半黑色。五行中的黑色屬水，紅色屬火，故稱之。
4. 洒家：宋元時關西一帶人自稱。
5. 皂：黑色。直裰：僧、道或士子所穿的衣服。
6. 戒刀：舊時僧人所配的刀。
7. 半晌：一會兒、片刻。晌，音賞。
8. 高太尉：高俅，北宋末年太尉，宋徽宗時期的官員。因善蹴鞠，獲寵於徽宗。陸虞侯：陸謙，林冲多年好友，因貪圖富貴為高俅做事，多次陷害林沖。分付：交付、囑咐。
9. 俺：北方方言，我。
10. 監：動詞，拘禁、收押。
11. 這廝：這傢伙。有輕視、賤惡的意思。
12. 撮鳥：罵人的話。《水滸傳》中常見。
13. 賺：音鑽，詐騙、哄騙。
14. 五更：天剛亮時。
15. 拕：音拖，同「拖」字。

這是第九回的開場，延續第八回〈林教頭刺配滄州道，魯智深大鬧野豬林〉中，林冲在刺配途中遇害的情節。比起第三回「魯提轄拳打鎮關西」，這段「大鬧野豬林」對於魯智深的形象，有著更完整、更細膩的描繪。

故事是說，林冲的夫人被高太尉之子高衙內看上，林冲因此被陷害，刺配滄州。高太尉用銀子收買了公人，命他們在路上殺害林冲。公人董超和薛霸於是先哄林冲，用熱水燙傷他的腳，再騙他穿草鞋趕路，害他雙腳磨出血來，無法逃走。

接著董、薛二人將林冲帶往野豬林，再次哄騙，將他綁在樹幹上，打算殺害了領賞。這二人顯然對林冲的武藝心存顧忌，見林冲是個循規蹈矩的人，所以一路哄騙，然而這些詭計都看在魯智深的眼裡，只是按兵不動。

就在薛霸的棍子將要擊向林冲的頭頂時，威風凜凜的魯智深及時出現，搭救了林冲，這段描寫精采至極，也充分體現魯智深的性格。現在就仔細分析，深入理解魯智深這位人物，以及作者高超的說故事藝術：

主角自帶光環，氣勢過人

魯智深的出場氣勢不凡，首先是「雷鳴」般的一聲大喝，魯智深躲在樹後，人沒見到先聽見聲音，公人聞之喪膽。伴隨聲音出現的，是那根不離手的「鐵禪杖」，飛出來將薛霸手上的水火棍擊飛，可見禪杖主人的力氣和準頭有多驚人！最後「胖大和尚」魯智深才現身。

兩個公人不認識魯智深，先打量他的穿著打扮。透過公人的視角，讓讀者的目光先注意到魯智深的外型，只見他穿著黑色的僧袍，帶著戒刀，果然威風凜凜。公人光只是看，又不敢問對手的身分，可見已經被魯智深的氣勢給嚇得不知所措。最後才由林冲點出「和尚」的身分，原來是魯智深！

魯智深是勇武型的人物，作者將他的出場描繪得有如天神降臨，使他的武藝及見義勇為的行為，令人印象深刻。

老江湖的敏銳，不是蓋的！

同樣是「勇」，魯智深和李逵的莽撞不同；同樣是「心細」，魯智深是觀察細膩、智慧過人，與武松的圓融周全不一樣。還有什麼例子呢？

首先是魯智深的直覺與洞察力極強，他不放心林冲，一路跟蹤，看到酒保請公人與「店裡一位官人」說話，直覺公人會在路上害人，表現他具有見微知著的老江湖眼光。其次是懂得做人情給林冲，魯智深要殺公人，被林冲阻止，就道：「且看兄弟面皮，饒你兩個性命！」讓兩個公人又怕、又感激。

粗中帶細的違和感

魯智深外型粗魯，卻極為精明，相當具違和感。兩個公人問他在哪個寺裡，他笑道：「問俺住處做什麼？莫不去教高俅做什麼奈何洒家？」不透露出身，預防小人報復。魯智深又懂得聰明打點，他要與林冲分別時，就「取出一二十兩銀子與林冲，把二三兩與兩個公人」，使個軟的招數，用銀子打點公人。

送給公人銀子以後，魯智深又用武力威嚇，「輪起禪杖，把松樹只一下，打得樹有兩寸深痕，齊齊折了」，喝道：「但有歹心，叫你頭也與這樹一般！」這是硬的招數。如此軟、硬兼施，兩公人再也不敢起歹心。

說故事時，想營造出氣勢，表現人物的不凡，可以參考這段「魯智深大鬧野豬林」的寫法，或者可以運用創意，寫出其他的變化。

【3分鐘說故事】狙擊手

傑森包恩在屋頂埋伏許久，將槍穩穩的抵在肩窩，看似已經完全就緒，但就是遲遲不肯動手。負責監視傑森的中情局探員透過耳機催促：「目標已經現身，還不快點下手……」話未說完，傑森便伸手將耳機拔掉。

天上的烏雲逐漸聚攏，隆隆的聲音從遠方滾來，忽然雷霆一聲巨響，閃電凶猛擊下，窗戶都在震動。探員被震得來不及反應，卻見目標人物的窗戶上潑灑了鮮紅的血，目標已經倒下。傑森快速的拆解槍械，幾個起落就跳離了屋頂。

寫作分析：

說故事的人，要能夠從幾個小動作就透露出人物的性格。比如傑森遲遲不開槍，是在等待最佳的時機，而拔掉耳機的舉動，則表現他不想受控的獨立性格，也是一個很帥氣的動作。槍手趁著雷聲射擊，既可掩飾自己的位置，同時也增添這一下射擊的氣勢；幾下就拆解槍械，更表現出他的專業和熟練的程度。

【實戰寫作演練】

請參考〈魯智深大鬧野豬林〉和〈狙擊手〉，用**聲音**來營造人物的氣勢，並寫成一篇**兩百字左右**的短文：

1. 設定**主角**，想一想有哪些**動作**可以表現他的性格？

2. 這位主角正在做什麼**事**？這事件讓他看起來很**英勇**。

3. 想將**聲音**的**氣勢**用在人物出場，還是其他地方？請針對**聲音**作一番描述。

4.請將上面的寫作材料整理好，寫成一篇**兩百字左右**的短文。

16 勢利眼反派人物的華麗登場：林冲刺配牢城營

【故事課】

故事裡的反派，通常是主角意志的對立力量，負責一路阻礙主角的發展，跟主角過不去。

但勢利眼人物與一般的反派不同，他們有一個「反派／正派」的按鈕，隨時能切換頻道，改變立場。

這個按鈕，通常就是金錢、權勢或地位。

【讀經典故事】

元．施耐庵《水滸傳．九回　柴進門招天下客，林冲棒打洪教頭》節錄

只說林冲送到牢城營內來[1]。牢城營內收管林冲，發在單身房裡聽候點視。卻有那一般的罪人，都來看覷他[2]，對林冲說道：「此間管營、差撥[3]，十分害人，只是要詐人錢物。若有人情錢物送與他時[4]，便覷的你好；若是無錢，將你撇在土牢裡，求生不生，求死不死。若得了人情，入門便不打你一百殺威棒[5]，只說有病，把來寄下[6]；若不得人情時，這一百棒打得七死八活。」林冲道：「眾兄長如此指教，且如要使錢，把多少與他？」眾人道：「若要使得好時，管營把五兩銀子與他，差撥也得五兩銀子送他，十分好了。」

正說之間，只見差撥過來問道：「那個是新來配軍？」林冲見問，向前答應道：「小人便是。」那差撥不見他把錢出來，變了面皮，指著林冲，罵道：「你這個賊配軍[7]！見我如何不下拜，卻來唱喏[8]？你這廝可知在東京做出事來[9]！見我還是大刺刺的[10]！我看這賊配軍滿臉都是餓紋[11]，一世也不發跡！打不死、拷不殺的頑囚！你這把賊骨頭好歹落在我手裡！教你粉骨碎身！少間叫你便見功效[12]！」把林冲罵得「一佛出世[13]」，那裡敢抬頭應答？眾人見罵，各自散了。

林冲等他發作過了，去取五兩銀子，陪著笑臉，告道：「差撥哥哥，些小薄禮，休言輕微。」差撥看了，道：「你教我送與管營和俺的都在裡面？」林冲道：「只是送與差撥哥哥的；另有十兩銀子，就煩差撥哥哥送與管營。」差撥見了，看著林冲笑道：「林教頭[14]，我也聞你的好名字。端的是個好男子[15]！想是高太尉陷害你了。雖然目下暫時受苦，久後必然發跡。據你的大名，這表人物，必不是等閒之人，久後必做大官！」林冲笑道：「總賴差撥照顧。」差撥道：「你只管放心。」又取出柴大官人的書禮，說道：「相煩老哥將這兩封書下一下。」差撥道：「既有柴大官人的書[16]，煩惱做甚？這一封書值一錠金子。我一面與你下書；少間管營來點你，要打一百殺威棒時，你便只說你一路有病，未曾痊可；我自來與你支吾[17]，要瞞生人的眼目。」林冲道：「多謝指教！」差撥拿了銀子並書，離了單身房，自去了。林冲嘆口氣道：「『有錢可以通神』，此語不差！端的有這般的苦處！」

【注釋】

1. 牢城：監獄。
2. 覷：音去，看。
3. 差撥：看守囚犯的差役。
4. 人情：餽贈禮物。
5. 殺威棒：一種刑罰。古代犯人收監前，先以杖責打，目的是挫其凶燄，使之懾服。
6. 寄下：暫時寄著。
7. 配軍：被處以流刑，發配充軍的罪犯。
8. 唱喏：一面敬禮，一面出聲致敬。
9. 這廝：這傢伙，這小子。有輕視之意。
10. 大剌剌：大模大樣。
11. 餓紋：面相學說，人臉上的法令紋若延伸入口，命當餓死。
12. 少間：一會兒。
13. 一佛出世：歇後語，死去活來的意思。
14. 教頭：教授武藝的老師。林冲是八十萬禁軍槍棒教頭。
15. 端的：果然，真的。
16. 柴大官人：指柴進，外號「小旋風」，後周世宗柴榮嫡系子孫。好結交天下英雄豪傑，許多梁山英雄落草前都受過他接濟。

17. 支吾：用含混牽強的話去搪塞他人。

【引導式閱讀理解】

勢利眼型的反派人物，是《水滸傳》中不可或缺的角色，可以說，沒有「勢利眼」，就沒有梁山泊好漢的誕生。小說中描述了不少這類人物，許多好漢在落難時，都曾遭到這些小人的踐踏，最後被逼上梁山，其中最經典的例子就是林冲。

故事描述，有權有勢的高衙內看上了林冲的夫人，想霸占強取，於是透過勢利眼的小人設局陷害。林冲果然中計，配戴寶刀進入白虎堂，因此獲罪刺配滄州，在野豬林差點被公人董超、薛霸殺死，幸好有魯智深相救。後來林冲借宿柴進的府上，與自居柴府第一把交椅的洪教頭比武獲勝，展現驚人的武藝。

跟梁山泊的其他好漢相比，林冲並不是叛逆分子，他身為「八十萬禁軍槍棒教頭」，生活過得安逸平順，所以很信任官府和朋友。直到他在流放途中遭遇幾次凶險，又在牢城營內受到高逑的迫害追殺，才不得不走上「官逼民反」的道路。

仔細閱讀故事後，我們可以將這些「勢利眼」分成三類：

白眼看人，擺架子

這類勢利眼人物對待體面的人，會阿諛奉承；對待落魄的人，就白眼相待。我們寫作時，可以抓住人物「擺架子」的言行，來突顯他的勢利。

比如林冲在流放時投靠柴進，被引見莊上的洪教頭，但洪教頭打量了林冲的落魄樣後，就很看不起他，在林冲對他行禮時「全不睬著，也不還禮」，聽見林冲「東京八十萬禁軍槍棒教頭」的名號，也不以為然，只說「休拜，起來」，傲然而不回禮。要對付洪教頭這類勢利眼，就應該用我們自身的實力來說話。最後林冲在比武中棒打洪教頭，讓他「撇了棒，撲地倒了」，輸得難看，才羞慚的離去。

見錢眼開，伸手牌

這種勢利眼就是哪裡有錢，往哪裡鑽；沒有給他錢的話，就翻臉不認人。我們說故事時，可以用「前後對照」的手法來描寫這類人物。

林冲被流放到牢城營，其他的牢友就提醒他要送錢。後來見錢眼開的差撥以為林冲沒錢，開口就一連串「賊配軍」、「這廝」、「頑囚」、「賊骨頭」連珠砲似的侮辱痛罵。等到林冲送他五兩銀子，馬上改尊稱「林教頭」、「好男子」、「這表人物」、「必做大官」，態度切換自如，相當勢利。

落井下石，扯後腿

另一種勢利的人是看到有人掉進井裡，不但不救，反而往井裡丟石頭。比如林冲的好友陸謙，平日與林冲稱兄道弟，卻幫著高衙內設計陷害林冲，後來又買凶殺人，對公人董超、薛霸吩咐道：「今奉着太尉鈞旨，教將這十兩金子送與二位，望你兩個領諾，不必遠去，只就前面僻靜去處把林冲結果了。」（第八回）

最後林冲發現真相，才走上在梁山泊落草的不歸路。陸謙這類勢利小人，可說在林冲的人生轉折中，扮演最關鍵的角色。

讀完《水滸傳》中幾個勢利眼人物的故事後，想一想，你是否也遇過「勢利

眼」？不妨將平日對人性的觀察，透過幾個事件描述出來。

【3分鐘說故事】不期而遇

家豪走到餐廳門口，就被餐廳的招待給攔下來了。他抬眼看，只見那招待眼小如豆，五官全擠在一塊，像飯團裡被擠壓過的餡料。他用小眼睛將家豪身上的白襯衫、牛仔褲和腳上的球鞋掃射了一遍，就扁嘴一笑，淡淡的說：「請跟我來。」然後將家豪領到一個有冷氣風口的座位，過了很久才倒水、送菜單。

這時，餐廳門口出現一陣騷動，原來是一位大企業家到了！招待迅速迎上前想領總裁到包廂，但總裁卻認出了他的朋友，逕自朝家豪走去，與家豪同桌。餐廳經理隨即為總裁與家豪打開菜單，用得體而有禮的聲調介紹今晚的菜餚。

寫作分析：

餐廳的招待斷定家豪只是個小人物，所以冷眼相待。但是當招待發現總裁是家豪的朋友後，在餐廳人員的眼裡，家豪的地位迅速上升，連負責服務的人都換成了經理。說故事時運用前後對照，是塑造勢利眼人物最容易入手的方法，同時對人物的長相進行描繪，使其符合「勢利眼」的相貌，也是很有趣的表現。

【實戰寫作演練】

請參考〈林冲刺配〉和〈不期而遇〉，以及前文提到的三種勢利眼寫法，塑造一位**勢利眼**人物，並寫成一篇**兩百字左右**的短文：

1. 回憶你曾經見過的勢利眼人物，將他的**言語**和**行為**記錄下來。

2. 請描述勢利眼人物的**外貌**，若能符合對「勢利眼」的想像會更好。

3. 被勢利眼人物**欺負**的人，也是重要的主角，你希望他如何應變？是忍受侮辱？還是強勢反擊？可描述他的**言語**和**行為**。

4.請將上面的寫作材料整理好，寫成一篇**兩百字左右**的短文。

17 寫極駭人之事，用極近人之筆：景陽岡武松打虎

【故事課】

英雄是不完美的卓越人士，他們的性格矛盾、帶有缺點，這使得他們更有魅力。

人無完人，英雄也有人性，會膽怯、會犯錯，重要的是堅持下去，努力走回正軌，擊倒眼前的挑戰。

不只描寫英雄，這個原則可以用來創造所有的人物，使人物的表現更加真實。

元．施耐庵《水滸傳．二十三回　橫海郡柴進留賓，景陽岡武松打虎》節錄

武松走了一直[1]，酒力發作，焦熱起來，一隻手提著哨棒[2]，一隻手把胸膛前袒開，踉踉蹌蹌，直奔過亂樹林來。見一塊光撻撻大青石[3]，把那哨棒倚在一邊，放翻身體，卻待要睡，只見發起一陣狂風。那一陣風過了，只聽得亂樹背後撲地一聲響，跳出一隻吊睛白額大蟲來[4]。武松見了，叫聲：「啊呀！」從青石上翻將下來，便拿那條哨棒在手裡，閃在青石邊。那大蟲又饑又渴，把兩隻爪在地下略按一按，和身望上一撲，從半空裡攛將下來。武松被那一驚，酒都作冷汗出了。說時遲，那時快：武松見大蟲撲來，只一閃，閃在大蟲背後。那大蟲背後看人最難，便把前爪搭在地下，把腰胯一掀，掀將起來。武松只一閃，閃在一邊。大蟲見掀他不著，吼一聲，卻似半天裡起個霹靂，振得那山岡也動，把這鐵棒也似虎尾倒豎起來

只一翦[5]。武松卻又閃在一邊。

原來那大蟲拿人只是一撲、一掀、一翦；三般捉不著時，氣性先自沒了一半。那大蟲又翦不著，再吼了一聲，一兜兜將回來。武松見那大蟲復翻身回來，雙手輪起哨棒，儘平生氣力[6]，只一棒，從半空劈將下來。只聽得一聲響，簌簌地[7]，將那樹連枝帶葉劈臉打將下來[8]。定睛看時，一棒劈不著大蟲，原來打急了，正打在枯樹上，把那條哨棒折做兩截，只拿得一半在手裡。那大蟲咆哮，性發起來，翻身又只一撲，撲將來。武松又只一跳，卻退了十步遠。那大蟲恰好把兩隻前爪搭在武松面前。

武松將半截棒丟在一邊，兩隻手就勢把大蟲頂花皮胳嗒地揪住[9]，一按按將下來。那隻大蟲急要掙扎，被武松盡氣力捺定[10]，那裡肯放半點兒鬆寬？武松把隻腳望大蟲面門上、眼睛裡，只顧亂踢。那大蟲咆哮起來，把身底下爬起兩堆黃泥做了一個土坑。武松把大蟲嘴直按下黃泥坑裡去。那大蟲喫武松奈何得沒了些氣力[11]。武松把左手緊緊地揪住頂花皮，偷出右手來，提起鐵鎚般大小拳頭，儘平生之力，只顧打。打到五七十拳，那大蟲眼裡、口裡、鼻子裡、耳朵裡，都迸出鮮血來[12]，更動彈不得，只剩口裡兀自氣喘[13]。武松放了手，來松樹邊尋那打折的棒，拿在手裡；只怕大蟲不死，把棒橛又打了一回[14]。眼見氣都沒了，方纔丟了棒，尋思道：「我就地拖得這死大蟲下岡子去……？」就血泊裡雙手來提時，那裡提得動？原來使盡了氣力，手腳都蘇軟了[15]。

【注釋】

1. 一直：一段路程。
2. 哨棒：路途中作為防身用的短棍棒。
3. 光撻撻：空盪光禿的樣子。撻，音踏。
4. 大蟲：指老虎。
5. 翦：音剪，在小說指老虎用尾巴攻擊人的動作。

6. 儘：極盡。
7. 簌簌地：狀聲詞，形容細碎不斷的聲音。簌，音速。
8. 劈臉：朝著臉，正對著面。
9. 頂花皮：動物頭頂上有花紋的皮毛。胳嗒地：一下、一把的意思。
10. 捺定：壓住。捺，音那。
11. 喫：承受。
12. 迸：音蹦，湧出。
13. 兀自：還是。兀，音物。
14. 橛：音決，小木樁、短木頭。
15. 蘇軟：同「酥軟」，身體因過分勞累而感覺疲軟無力。

【引導式閱讀理解】

這段故事是第二十三回「景陽岡武松打虎」中的一段，將武松的性格、人格和武藝，完整的呈現出來。在作者施耐庵的筆下，武松並不是無所不能的人，他犯了過度自信的毛病，遇到事情猶豫、驚慌，打鬥也會失手，然而這些「美中不足」之處，正好使得武松的形象更有血有肉。

明末清初的文學批評家金聖嘆評論「武松打虎」時說：「寫極駭人之事，卻盡用極近人之筆。」意思是說，想要將故事寫好、將人物寫活，就必須合乎情理。

超人只是個神話，這世間並沒有完美的人，也沒有不會犯錯、不會恐懼的英雄，當英雄與我們一般人貼近，讀者才會打從心底喜愛他。作者將武松塑造為人間的打虎英雄，而不是從天上掉下來會法術的神仙，將更顯示他的蓋世神威。

讓我們透過閱讀理解，來仔細解讀這段打虎故事的奧妙之處：

上岡以前，不聽人勸

武松經過景陽岡下，在酒店中痛飲，完全不顧店家勸他：「如今前面景陽岡上有隻吊睛白額大蟲，晚了出來傷人，壞了三二十條大漢性命。」酒店還出示官府的榜文警示，提醒武松上岡必須結伴。對於店家的苦口婆心，武松卻嗤之以鼻，說：「便真個有虎，老爺也不怕！」固執不聽勸的性格表露無遺。

後來武松在岡上看到了榜文，才知道店家的話不假，立刻想轉身回去，又猶豫

起來：「我回去時須喫他恥笑，不是好漢。」愛面子的他，只好硬著頭皮上岡。在這裡，我們看到的是真實的「人」，並不是一個天不怕、地不怕的「神」。

打虎時，不斷失誤

接著，武松在岡上遇見老虎，他的第一個反應竟然是驚嚇大叫，而且「酒都做冷汗出了」，顛覆我們對英雄的想像。對於老虎的一撲、一掀、一翦等攻勢，武松幾乎沒有還手之力，只能採取守勢拚命閃躲，幸好躲得恰到好處。

當武松發現老虎只有三招，就開始反擊了，這是他的機智。但是他在驚恐下，竟然一棒子打在枯樹上，將哨棒打斷，只好徒手跟老虎搏鬥。這段失誤的描寫，除了可以呈現武松的弱點，還順便做球，讓他展現徒手搏鬥的本事。

虎死之後，疲憊無力

老虎被打死以後，武松想將老虎拖下山，卻發現自己「使盡了氣力，手腳都蘇軟了」，這時我們才知道，原來根本沒有所謂的「神力」，武松在危機後的反應也和我們普通人一樣，這是多麼合乎情理的寫法。

也許有的人認為，讓武松在打死老虎後，獨自扛著老虎的屍體下山，不是很威風的描寫嗎？但仔細想，描述武松打虎之後用盡力氣，虛脫了，其實會顯得他是在生死存亡下才逼出力氣，事後力氣用盡，讓故事更加順理成章。

其實，不只是描寫英雄，所有的人物都應該這麼寫才是。

想想看，到底是完美的超人（Superman）吸引你，還是玩世不恭的鋼鐵人（Iron Man）讓你印象深刻？現在不妨提起筆，打造一個更合乎人性的人物。

【3分鐘說故事】困局

王師傅猛地朝葉師傅撞來。葉師傅感覺自己正在跟一頭野獸搏鬥，他的頭髮很快被對方揪住。王師傅獰笑，露出白森森的牙齒。葉師傅的心涼了半截，手腳也隨著灰心喪志沒了力氣，等會兒牙齒沒入肉裡，他就會被感染，變成喪屍。

這時，走廊的轉角忽然走出一個幼兒，口中叫著：「媽媽、媽媽！」王師傅被聲音驚動，收回利牙，轉頭看小孩。葉師傅心中閃現希望，登時生出力氣，頭一低，轉到了王師傅的身後，用力踹他小腿。王師傅跪倒在地。

葉師傅不顧頭皮的劇痛，轉身就往出口跑，衝出四五步後，忽然想到：「我跑走，孩子就沒救了！」他一咬牙，回頭抱起小孩，在喪屍趕來前，衝進一間房子，關上大門。嘶吼聲不斷傳來，葉師傅只覺得全身無力，再也爬不起來。

寫作分析：

這是葉師傅被喪屍追殺的故事。葉師傅的要害被喪屍抓住，情勢迫使他產生放棄的念頭，身體受到心智的影響，也失去了力氣，但是突然出現的小孩，讓葉師傅有了反擊的契機。因為生存本能，他立刻逃跑，又想到小孩無人救援，稍微猶豫一下，就決定回頭搭救小孩，卻將自己跟小孩困在房子裡了。無論最後葉師傅能否成功脫困，他的猶豫和帶了犧牲的英勇行為，都令讀者印象深刻。

【實戰寫作演練】

請參考〈武松打虎〉和〈困局〉，試著塑造一位不完美、但更**合乎人性**的英雄，並寫成一篇三**百字以內**的短文：

1. 決定這位英雄是**對抗邪惡**、**救人**還是**自我犧牲**，為什麼？

2. 這位英雄的**性格**如何？有什麼**缺點**和**弱點**，讓他看來更有人性？

3.這位英雄在**生死關頭之際**想什麼？

4.請將上面的寫作材料整理好，寫成一篇**三百字以內**的短文。

卷三
諷刺小說裡的
警世寓言和顛倒人生

18 警世故事的寫作祕法：大人國腳下的雲

【故事課】

作家筆下的故事，有時是現實世界的縮影，有時是與現實相反的「異世界」，有自成一格的世界觀。

這些故事的迷人之處，在於如同照妖鏡般，反映現實裡的黑暗面，也反映人們心中的嚮往。

在「異世界」發生的故事，可以帶給人們警世的意味和深刻的省思，好修正現實世界裡的不美好。

清・李汝珍《鏡花緣・十四回　談壽夭道經聶耳，論窮通路出無腸》節錄

唐敖道[1]：「適見貴邦之人都有雲霧護足，可是自幼生的？」老叟道：「此雲本由足生，非人力所能勉強。其色以五彩為貴，黃色次之，其餘無所區別，惟黑色最卑。」多九公道[2]：「此地離船往返甚遠，我們即懇大師指路，趁早走罷。」老叟於是指引路徑。……

多九公道：「當日老夫到此，也曾打聽。原來雲之顏色雖有高下，至於或登彩雲，或登黑雲，其色全由心生，總在行為善惡，不在富貴貧賤。如果胸襟光明正大，足下自現彩雲；倘或滿腔奸私暗昧[3]，足下自生黑雲。雲由足生，色隨心變，絲毫不能勉強。所以富貴之人，往往竟登黑雲，貧賤之人，反登彩雲。話雖如此，究竟此間民風淳厚，腳登黑雲的竟是百無一二。蓋因國人皆以黑雲為恥，遇見惡事，都是藏身退後；遇見善事，莫不踴躍爭先，毫無小人習

氣，因而鄰邦都以大人國呼之。遠方人不得其詳，以為大人國即是長大之意；那知是這緣故。」……

忽見街上民人都向兩旁一閃，讓出一條大路。原來有位官員走過，頭戴烏紗，身穿員領[4]，上罩紅傘，前呼後擁，卻也威嚴，就只腳下圍著紅綾，雲之顏色，看不明白。唐敖道：「此地官員大約因有雲霧護足，行走甚便，所以不用車馬。但腳下用綾遮蓋，不知何故？」多九公道：「此等人因腳下忽生一股惡雲，其色似黑非黑，類如灰色，人都叫做晦氣色[5]。凡生此雲的，必是暗中做了虧心之事；人雖被他瞞了，這雲卻不留情，在他腳下生出這股晦氣，教他人前現醜。他雖用綾遮蓋，以掩眾人耳目，那知卻是掩耳盜鈴[6]。好在他們這雲，色隨心變，只要痛改前非，一心向善，雲的顏色也就隨心變換。若惡雲久生足下，不但國王訪其劣跡，重治其罪，就是國人因他過而不改，甘於下流，也就不敢同他親近。」

【注釋】

1. 唐敖：主角之一，他在武則天時中了探花，因為和起兵反對武則天的徐敬業有牽連，被降為秀才。
2. 多九公：主角之一，八十多歲。博學多聞，雖名為舵手，實為老書生，知道很多海外奇事。
3. 暗昧：隱蔽、曖昧的事。
4. 員領：舊時官員的禮服。
5. 晦氣：遇事不順利、倒楣。
6. 掩耳盜鈴：比喻自欺欺人。

【引導式閱讀理解】

這是《鏡花緣》中有關大人國的故事，藉著主角們的問答，呈現大人國的特別之處。故事描述唐敖、多九公等人乘船在海外各國遊歷，來到了「大人國」，該國的國民天生腳下就會冒出雲氣，而雲的顏色蘊含警世諷刺的意義。

警世故事通常為短篇的寓言，是含有道德教育和警世智慧的一種說故事方式，

可以用來提醒世人避免犯錯。由於人性所趨，沒有人想要聽死板的說教，所以古時候的哲學家，很早就知道要說一個動聽的故事來啟發民眾。

在《鏡花緣》中描述的許多國家，各有奇特的地方，主角們在每一個國家發生的故事，都可以成為一篇警世故事。這些虛構「國家」的共同點，就是都能與現實的社會對照，比如大人國的人腳底下生雲，從雲的顏色就能知道人心的善惡，因而激發出國民的羞恥心，人人踴躍向善，改善了國內的風氣。

但是，在真實的世界中，人心的善惡是很難被別人看出來的，所以種種欺騙、暗昧的事，才會層不出窮。如果有方法能讓我們輕易得知人心，這個世界會不會比較好？現在，我們就透過閱讀引導，從大人國的故事來啟發思考：

為世界觀制訂規則！

首先，可以為筆下的故事設計一個世界觀，訂出規則。大人國的人「只能乘雲而不能走」，腳下的雲是從腳生出來的，一出生就有，而且區分等級：「五彩為貴，黃色次之，黑色最卑」。所有顏色的變化全由「心」生，「總在行為善惡，不在富貴貧賤」，如果胸襟光明正大，就是彩雲；如果滿心奸邪，就變成黑雲。

這個世界裡的規則，往往反映某些道德問題，讓整個故事有深度許多。

想傳達什麼道德價值？

接著，要確立故事想傳達的某種道德價值。比如在大人國的故事中，雲的顏色反映了大人國的道德觀：有錢人的腳底是黑雲，因為他們弄錢的手段不正當；貧賤的人有彩雲，因為不貪婪的平凡百姓反而人格高尚。

這種特殊設定反映的是該國的民情，由於人心的善惡容易被人「看見」，所以該國人都以黑雲為恥，會節制自己的行為，「遇見惡事，都是藏身退後；遇見善事，莫不踴躍爭先」，國家因此民風淳厚，治安良好。

國名有什麼象徵意義？

再來，是為故事中打造的世界，取一個恰當的名字。比如故事中提到大人國的

國名，儘管國人的身材比一般人高：「較別處略長二三尺不等」，但「大人」並不是巨人的意思，而是指國人的心胸「光明正大」，不隱藏壞的念頭。

這個世界（國度）的名稱，必須有象徵意義，才能增加故事的深度。

好風氣，需要全國共同努力

在故事中，官員的腳用紅布遮住，是因為腳下生了曖昧不明的灰雲，表示他的心中有鬼，才需要躲躲藏藏的。但是「此地無銀三百兩」，他越是遮掩，別人越容易看出來他這個舉動的用心，所以不論怎麼做都是丟臉出醜。

同時，國王可以根據雲氣的顏色，決定是否要任用或是處罰官員。因此在大人國中，如果某人的行事邪惡，人們生怕被傷害，就會將他孤立起來，唾棄他，他就會成為社會的邊緣人，因為如此，人人自律，形成良好的風氣。

我們可以從這個故事繼續設想，如果這個官員被革職了，他的生活會是什麼樣子？現在就發揮想像力，來說一個警世故事吧！

國王終於將張大財革職了。張大財失去了權力，就連腳下的紅布也被拿走，等於讓他在眾人面前承認罪行，這比什麼懲罰都可怕！人們看到他，都直盯著那灰色的雲看，紛紛轉頭走開，更令人難受的是他們的眼光，像怕被他傷害似的。他澈底的成了孤鳥，只好遠離人群，找到一間破廟住下來。

某天晚上，張大財聽到廟門口窸窸窣窣地傳來幾下聲響，像有什麼東西掉落在地上，他走過去看，原來是一隻翅膀受傷的雁。他說：「孤雁，你也跟我一樣嗎？」他將雁的傷口用清水洗乾淨，輕輕敷上藥，每天按時餵食，忙得團團轉，忙到沒有注意到他腳下的雲，早已在不知不覺中變成了彩色。

寫作分析：

這是續寫大人國的故事，考驗銜接原文故事的能力。先設定故事的結局是「讓灰雲變成彩雲」，然後替這個結局想出一個好理由，但是要注意，如果太牽強，就

會讓故事變得不合理。張大財被國人澈底孤立了，就像一隻孤雁，結果真正的孤雁來了，喚醒他善良的一面，故事於是有了一個溫暖的結局。

【實戰寫作演練】

請參考〈大人國腳下的雲〉和〈孤雁〉，續**寫**大人國的故事，並寫成一篇三**百字以內**的短文：

1.將大人國的**規則**，例如雲的等級和所代表的意義**條列**出來。

2. 創造一個**主角**，他是大人國的人民。寫出他的**身分**和**雲的顏色**。

3. 決定主角**改變的契機**，可以由好變壞，也可以由壞變好，由你決定。

4. 請將上面的寫作材料整理好，寫成一篇三**百字以內**的短文。

19 反烏托邦小說的性別嘲諷：林之洋女兒國冒險

【故事課】

好的故事，總能成功的引起人們對現實世界的思考。

一旦某些問題成功的融入敘事，便被賦予了社會意義，擔負起讓世界變得更美好的任務。

諸如性別不平等、男尊女卑、物化女性、工具化男性等深刻議題，都可以藉由「說故事」的方式，帶給我們不同的反思。

【讀經典故事】

清．李汝珍《鏡花緣．三十三回　粉面郎纏足受困，長鬚女玩股垂情》節錄

有幾個宮娥把林之洋帶至一座樓上[1]，擺了許多餚饌[2]。剛把酒飯喫完，只聽下面鬧鬧吵吵，有許多宮娥跑上樓來，都口呼娘娘[3]，磕頭叩喜。隨後又有許多宮娥捧著鳳冠霞帔[4]、玉帶蟒衫並裙褲簪環首飾之類[5]，不由分說，七手八腳，把林之洋內外衣服脫得乾乾淨淨。這些宮娥都是力大無窮，就如鷹拏燕雀一般[6]，那裡由他作主；纔把衣履脫淨，早有宮娥預備香湯[7]，替他洗浴，換了襖褲，穿了衫裙。把那一雙大金蓮暫且穿了綾襪[8]，頭上梳了鬏兒[9]，搽了許多頭油，戴上鳳釵，搽了一臉香粉；又把嘴唇染得通紅，手上戴了戒指，腕上戴了金鐲，把牀帳安了，請林之洋上坐。此時林之洋倒像作夢一般，又像酒醉光景，只是發楞[10]，細問宮娥，纔知國王將他封為王妃，等選了吉日，就要進宮。

正在著慌，又有幾個中年宮娥走來，都是身高體壯，滿嘴鬍鬚。內中一個白鬚宮娥，手拏針線，走到牀前跪下道：「稟娘娘，奉命穿耳。」早有四個宮娥上來，緊緊扶住。那白鬚宮娥上前先把右耳用指將那穿針之處碾了幾碾，登時一針穿過。林之洋大叫一聲：「疼殺俺了！」望後一仰，幸虧宮娥扶住。又把左耳用手碾了幾碾，也是一針直過，林之洋只疼得喊叫連聲。兩耳穿過，用些鉛粉塗上，揉了幾揉，戴了一副八寶金環。白鬚宮娥把事辦畢退去。接著有個黑鬚宮人，手拿一匹白綾，也向牀前跪下道：「稟娘娘，奉命纏足。」又上來兩個宮娥，都跪在地下，扶住「金蓮」，把綾襪脫去。那黑鬚宮娥取了一個矮凳，坐在下面，將白綾從中撕開，先把林之洋右足放在自己膝蓋上，用些白礬灑在腳縫內[11]，將五個腳指緊緊靠在一處，又將腳面用力曲作彎弓一般，即用白綾纏裹；才纏了兩層，就有宮娥拏著針線上來密密縫口，一面狠纏，一面密縫。林之洋身旁既有四個宮娥緊緊靠定，又被兩個宮娥把腳扶住，絲毫不能轉動。及至纏完，只覺腳上如炭火燒的一般，陣陣疼痛。不覺一陣心酸，放聲大哭道：「坑死俺了[12]！」兩足纏過，眾宮娥草草做了一雙軟底大紅鞋替他穿上。

【注釋】

1. 林之洋：主要角色之一，唐敖的妻兄，是位英俊瀟灑的商人，與唐敖、多九公一道出海遊歷。
2. 餚饌：泛指飯菜。饌，音賺。
3. 娘娘：古代對皇后或貴妃的稱呼。
4. 鳳冠霞帔：古時后妃的冠飾。帔，音配。
5. 玉帶：古時達官貴人所穿以玉為飾的腰帶。蟒衫：繡有蟒蛇形的袍衣。後為繡龍形有四爪。
6. 拏：音拿，拘捕。
7. 香湯：加了香料的熱水。
8. 金蓮：形容女子的纖細小腳或步態輕盈。
9. 鬏：音揪，頭髮盤成的結。
10. 發楞：因心神不寧而眼神呆視的樣子。
11. 白礬：一種無機化合物。由硫酸鉀和硫酸鋁的含水複鹽所組成。礬，音凡。
12. 坑死：害死，形容受到極大的殘害。

在《鏡花緣》第三十三回「粉面郎纏足受困」中，作者李汝珍透過英俊的林之洋被迫扮成女裝和纏足，揭露女兒國的特殊國情。

原來女兒國是一個陰陽顛倒的國度，在這裡「女主外，男主內」，國王和大臣、軍人都是由女子擔任，而宮裡的王妃、宮娥等都是男子。

小說藉由林之洋在女兒國的遭遇，突顯舊時女性所受到的痛苦和不公平的待遇。原本，女性忍受穿耳洞、纏足等等肉體的折磨，都是為了取悅男人，在小說裡，就由林之洋來體會女子的痛苦，巧妙的將性別問題融入故事。

在女兒國裡，女性是社會的主宰，擁有三妻四妾，妻妾全是男兒身，打扮成女子的模樣，從行為到心理完全是女性化的；而女子的穿著打扮和行為，則與現實社會裡的男子一樣。身為男性的林之洋到了女兒國，不幸被女王看中，強迫將他改造成婦人，他遭遇的痛苦在讀者看來，卻是極為有趣，又發人深省。

這種設定，類似現代所說的**反烏托邦社會**，**這是與理想社會相反的**，**一種極端惡劣的社會情狀**，比如喬治歐威爾的小說《1984》、電影《飢餓遊戲》，都在描述

這樣的世界。我們就從林之洋入宮後開始剖析，理解舊時女性的痛苦：

以「美麗」之名，物化女性

男扮女裝的「宮娥們」為林之洋換女裝、梳髮型、搽頭油、戴鳳釵、搽香粉、染嘴唇，都是為了取悅女王。臨睡前擦粉，更有番道理：「王妃面上雖白，還欠香氣，所以這粉也是不可少的。久久搽上，不但面如白玉，還從白色中透出一般肉香，真是越白越香，越香越白；令人越聞越愛，越愛越聞：最是討人歡喜的。」

「物化」的意思，就是將一個人視為商品，而不是人類。女王想納林之洋為妃，是看上他的美貌，並非真心愛他，對他所做的一切都只為了滿足她自己，絲毫沒有顧慮他的感受，這是在影射舊時女子的悲哀。我們聯想到現代，很多廣告為了滿足男性消費者的喜好，常會物化女性，是不是應該深思？

以「美麗」之名，侵害身體

故事中最經典的例子，是對「纏足」的描寫。據說宋朝人以女子腳小為美，纏足就流行在北宋。到了明、清，人們要求纏成更小的腳，所以將女性的足弓折彎，就像宮娥對林之洋做的，這叫「折骨纏」。經過纏足後，下場就如林之洋「未及半月，已將腳面彎曲折作兩段，十指俱已腐爛，日日鮮血淋漓」。（三十四回）

還有對「穿耳洞」的描寫：「先把右耳用指將那穿針之處碾了幾碾，登時一針穿過。林之洋大叫一聲：『疼殺俺了！』往後一仰，幸虧宮娥扶住。」令人感到不忍。作者讓林之洋澈底的體認女性的痛苦，是具有意義的。

讀了這個故事可以思考，有多少人是以「美麗」之名，侵害女性的身體與自主權？讓我們學習《鏡花緣》的寫法，設定一個現代的女兒國，把針對女性的「傳統觀念」，加諸在穿越來現代的主角身上，將性別問題融入故事。

【3分鐘說故事】女子無才便是德

我被綁架了，被女王關在皇宮的一間房裡，每天有好幾個宮娥監視我。這些身

材高壯的宮娥稱堂堂男兒的我為「婦人」，自稱「奴家」，他們說女王要立我為妃，說我長得美，只可惜太聰明了。於是女王指示：「女子無才便是德。」

宮娥們想了一個讓我變得更有「婦德」的方法，就是逼我每天盯著電視看，只播放一家新聞節目，節目中說的都是些無腦的言論，比如：「假設全球暖化是真的，未來海平面上升，大家把房子賣掉再搬家不就好了！」如此連看三個月的電視新聞，我真的被洗腦成了一個「無才的美女」。

寫作分析：

「女子無才便是德」的原意是「本來有才，但心裡卻自視若無」，是一種心中保持無才的謙卑態度，後來這句話被認為是傳達古代重男輕女、男尊女卑的大男人主義思想。女王不希望主角的才智高過她，硬是將他變笨，方法就是用電視新聞洗腦。寫作時除了融入性別問題，還可以加上媒體對人們心智的傷害。

【實戰寫作演練】

請參考〈林之洋女兒國冒險〉和〈女子無才便是德〉，**仿寫**女兒國的故事，並寫成一篇**三百字以內**的短文：

1. 女兒國的世界跟我們有什麼**不一樣**，請**條列**出來。

2. 創造一個**主角**，不小心誤入女兒國，描述他的**性別**、**外貌**和**身分**。

3. 這位主角在女兒國遇到什麼**性別不公平**的事？

4. 請將上面的寫作材料整理好，寫成一篇**三百字以內**的短文。

20 三招教你看穿人物背後的心理：范進中舉

【故事課】

好的故事，應該讓人物的心理和動作適當的搭配。如果人物的內心戲寫得太多，動作描寫不足，就像看作者囉嗦的自我剖析，令人不耐。最高明的方法，就是雙管齊下，在寫內心戲的同時，又用動作來表現人物的心理。

清．吳敬梓《儒林外史．三回　周學道校士拔真才，胡屠戶行兇鬧捷報》節錄

鄰居都來了擠著看，老太太沒奈何，只得央求一個鄰居去尋他兒子。那鄰居飛奔到集上[1]，一地裡尋不見；直尋到集東頭，見范進抱著雞，手裡插個草標[2]，一步一踱的，東張西望，在那裡尋人買。鄰居道：「范相公快些回去！恭喜你中了舉人，報喜人擠了一屋裡。」范進道是哄他，只裝不聽見，低著頭往前走；鄰居見他不理，走上來就要奪他手裡的雞。范進道：「你奪我的雞怎的？你又不買。」鄰居道：「你中了舉人，叫你家去打發報子哩[3]。」范進道：「高鄰，你曉得我今日沒有米，要賣這隻雞去救命，為什麼拿這話來混我[4]？我又不同你頑[5]，你自回去罷，莫誤了我賣雞。」鄰居見他不信，劈手把雞奪了，摜在地下，一把拉了回來。報錄人見了道：

「好了，新貴人回來了！」正要擁著他說話，范進三兩步走進屋裡來，見中間報帖已經升掛起來，上寫道：「捷報貴府老爺范諱進高中廣東鄉試第七名『亞元』[6]，京報連登黃甲[7]。」

范進不看便罷，看了一遍，又念一遍，自己把兩手拍了一下，笑了一聲道：「噫！好了！我中了！」說著，往後一跤跌倒，牙關咬緊，不醒人事。老太太慌了，忙將幾口開水灌了過來；他爬將起來，又拍著手大笑道：「噫！好！我中了！」笑著，不由分說，就往門外飛跑，把報錄人和鄰居都嚇了一跳。走出大門不多路，一腳踹在塘裡，掙起來，頭髮都跌散了，兩手黃泥，淋淋漓漓一身的水，眾人拉他不住，拍著笑著，一直走到集上去了。眾人大眼望小眼，一齊道：「原來新貴人歡喜瘋了！」

【注釋】

1. 集：市場。
2. 草標：插在貨品上，表示要出售的草稈。
3. 報子：舊時科舉中試後，去家裡送報條的人。同「報錄人」。
4. 混：欺騙、蒙混。
5. 頑：嬉戲。
6. 鄉試：科舉時代，各省每三年舉行一次的考試。考中了就稱為「舉人」。亞元：鄉試第二名。
7. 京報連登黃甲：祝賀的話，表示考中的京報就要送到。

【引導式閱讀理解】

這段故事摘自《儒林外史》第三回「胡屠戶行兇鬧捷報」，描述五十多歲的范進得知自己中了舉人時，所表現的荒誕舉止。通常我們想瞭解一個人的內心，可以根據他的表情、說話和舉止，閱讀用的也是類似的方法。

故事描述范進的家中沒米，母親要他抱一隻母雞去市場賣，好買幾升的米回家煮粥吃。就在范進外出賣雞時，家中接獲他中舉的喜訊，熱心的鄰居就去市場將范進找回來。在這裡，讀懂范進在市場中的舉止很重要。

作者吳敬梓寫范進賣雞，是經過一番設計的。范進在市場抱著雞，手拿根草標，東張西望的，有點茫然，一副生手的模樣，這些舉止神態就道出了他的背景：范進除了讀書考試，就沒有別的技術或專長，連賣雞都不會。

舊時的讀書人窮盡一生於科舉考試，只知道「萬般皆下品，唯有讀書高」，以致毫無謀生的能力。小說全力刻畫范進賣雞和他得知中舉後的醜態，是有意的揭露封建科舉制度對讀書人的毒害。

故事最精采的部分，就是范進瘋狂的那段。范進得知喜訊時是「狂喜」，但**高明的作者並不會直接說出來，而是用一連串的動作來表現這種心情**。這些動作並不是隨意寫的，而是經過縝密的設計，先點出范進的「第一反應」，接著用次要人物的舉動烘托他的狂喜，最後再回到范進的身上，製造一場大高潮：

第一反應往往是潛意識

人在受到意外刺激時的第一反應，往往特別直接，反映目前的心理狀態。范進對報帖「看了一遍」，還要「又念一遍」、「把兩手拍一下」，表示中舉是他一輩子夢寐以求的，喜訊突然來臨，自己不敢相信，必須反覆的加以確認，才敢置信。

這樣還不夠，作者又進一步以范進的跌跤、不醒人事，點出他內心所遭受的巨大衝擊。我們知道，人在受到重大刺激時有可能會昏倒，太高興也是一種刺激。作者寫完表面的動作後，接著就用「昏倒」表現心理現象。

用配角來烘托主角

除了正面描寫范進的舉動外，作者還用了**側面烘托**的手法，藉著描寫老太太的慌張：老太太哭道：「怎生這樣苦命的事！中了一個什麼『舉人』，就得了這個拙病！」以及報錄人和鄰居的反應：「把報錄人和鄰居都嚇了一跳。」烘托范進神智不清、飛跑跌倒的瘋狂神態。這些配角都是「鏡子」，映照主角的真實面貌。

被戲劇化的大高潮

最後，范進因為心情慌亂而跌到池塘裡，一身狼狽：「頭髮都跌散了，兩手黃泥，淋淋漓漓一身的水。」我們一路讀下來可以發現，前面所有的動作描寫，其實都是在鋪陳，要到最後，作者才端出最戲劇性的演出。這樣的描寫層次分明，而范進跌倒姿態的「醜」，也暗指他追求功名的「醜態」，富有深刻的象徵意義。

我們也利用這些方法，回想一下人生中遇過什麼**重大的刺激**，參考「范進中舉」，寫出一段蘊含心理暗示的動作描寫。

【3分鐘說故事】那年，我生了一場病

婦產科醫師說：「妳小腹上的腫塊，要做檢查才知道是不是腫瘤。先照超音波吧！」我胸口一緊，說不出話來。只聽媽媽語氣急促的問：「是腫瘤的機率有多大？」醫師回答了，但他的聲音聽來模糊不清，像空洞的回音。

離開診間，媽媽扶我往超音波室走去，她的手有力的抓著蒼白無力的我，帶著我先去更衣室。我覺得自己像個無主的孤魂，任由她牽引。我一個人待在狹小的更衣室，先脫下牛仔褲，只覺得身上好冷，就趕緊從衣櫃拿了件檢查服。單腳正要跨進檢查服的裙子，忽然腦中暈眩，身體歪一邊，手要扶牆壁，卻不小心將衣櫃上的物品全部掃下來，發出「乒乓」的聲響。我想，我是自己嚇自己，嚇壞了！

寫作分析：

文中的「我」乍然聽到疑似長腫瘤，第一反應是「胸口一緊」，呼吸不過來，後面醫生說什麼都聽不太清楚，用聽覺的模糊來加強驚嚇的感覺。接著，用媽媽「有力的手」烘托主角的「無力」，說明母親是她最大的依靠。「無主的孤魂」是主角對死亡的聯想。最後主角換檢查服時「腦中暈眩」、「打翻東西製造聲響」，則是用誇張的動作，將整段受驚嚇的情緒帶到最高潮。

【實戰寫作演練】

請參考〈范進中舉〉和〈那年，我生了一場病〉，藉由一個事件書寫**強烈**的情緒，例如高興、悲傷、憤怒、興奮、憂鬱，寫成一篇**三百字以內**的短文：

1. 回想引起你**強烈情緒反應**的事件，並簡要的記錄下來。

2. 將這種強烈的情緒仔細**描繪**，可運用**比喻**或**誇飾**加強力道。

3.在引起強烈情緒的同時，你可以用哪些**動作**來表現心中的**震撼**？

4.請將上面的寫作材料整理好，寫成一篇三**百字以內**的短文。

21 利用行為舉止，完整的理解人物：節儉的嚴監生

【故事課】

「聽其言，觀其行」，人物的舉手投足，往往是他的思想感情、性格特徵的外在表現。

書寫人物的行為舉止，要選擇最關鍵、最具有意義之處加以描寫，才能把人物寫「活」。

在閱讀時，也不能忽略這些細微的人物舉止，對人物的理解才會深刻，而不會以偏概全。

【讀經典故事】

清．吳敬梓《儒林外史．五回　王秀才議立偏房，嚴監生疾終正寢》節錄

（嚴監生）因此，新年不出去拜節，在家哽哽咽咽，不時哭泣；精神顛倒，恍惚不寧。過了燈節後，就叫心口疼痛；初時撐著，每晚算帳，直算到三更鼓。後來就漸漸飲食不進，骨瘦如柴，又捨不得銀子吃人參。趙氏勸他道：「你心裡不自在，這家務事就丟開了罷。」他說道：「我兒子又小，你叫我託哪個？我在一日，少不得料理一日！」不想春氣漸深，肝木剋了脾土[1]，每日只吃兩碗米湯，臥床不起。及到天氣和暖，又勉強進些飲食，掙起來家前屋後走走；挨過長夏，立秋以後，病又重了，睡在床上。想著田上要收早稻，打發了管莊的僕人下鄉去，又不放心，心裡只是急躁。……

自此，嚴監生的病[2]，一日重似一日，再不回頭。諸親六眷都來問候[3]。五個姪子穿梭的過來陪郎中弄藥[4]。到中秋以後，醫生都不下藥了。把管莊的家人都從鄉裡叫了上來。病重得一連三天不能說話。晚間擠了一屋的人，桌上點著一盞燈。嚴監生喉嚨裡痰響得一進一出，一聲接一聲的，總不得斷氣，還把手從被單裡拿出來，伸著兩個指頭。大姪子上前來問道：「二叔，你莫不是還有兩個親人不曾見面？」他就把頭搖了兩三搖。二姪子走上前來問道：「二叔，莫不是還有兩筆銀子在那裡，不曾吩咐明白？」他把兩眼睜的溜圓，把頭又狠狠搖了幾搖，越發指得緊了。奶媽抱著哥子插口道[5]：「老爺想是因兩位舅爺不在跟前，故此記念。」他聽了這話，把眼閉著搖頭。那手只是指著不動。

趙氏慌忙揩揩眼淚，走近上前道：「爺，別人都說的不相干，只有我曉得你的意思！……你是為那燈盞裡點的是兩莖燈草[6]，不放心，恐費了油。我如今挑掉一莖就是了。」說罷，忙走去挑掉一莖。眾人看嚴監生時，點一點頭，把手垂下，登時就沒了氣。

【注釋】

1. 肝木剋了脾土：中醫的說法，指脾胃功能受到肝的影響，而表現出來的損傷狀態。也叫「肝病及脾」，容易在春天出現症狀。
2. 嚴監生：嚴大育，字致和，性格勤儉。是廣東省高要縣的一位監生，嚴貢生之弟。
3. 諸親六眷：眾親戚。
4. 郎中：醫生的俗稱。
5. 哥子：對男孩的稱呼。
6. 燈草：燈心草的莖，可用作油燈的燈心。

【引導式閱讀理解】

這段故事是第五回「嚴監生疾終正寢」中的一段，描寫嚴監生臨終前的行為舉止。這段歷來被當成「吝嗇鬼」的典型描寫，然而，現在學者又有新的看法，如果我們將嚴監生的所有言行仔細閱讀，就會發現，他並不是吝嗇的人。

嚴監生因為正室妻子王氏的過世傷心欲絕，經常哭泣，以致於精神恍惚，加上他親力親為操持家中的事業、管帳，每天忙到三更半夜，內外交迫下，導致身體的健康出現問題。這整段都在敘述嚴監生的勤勞，為他的臨終鋪陳。

閱讀時，最忌諱的就是以偏概全，把局部的一點現象當成是全部。如果將嚴監生當成吝嗇鬼，而忽略他其實遇事肯花錢的行事風格，對人物的理解就會失真。**真正的閱讀理解，應該是仔細地推敲文章，尋找問題的蛛絲馬跡，就算想下結論，也要根據文章所提供的證據來做判斷。**

所以我們先來分析這段故事，看看作者在描寫方面的出色之處，再找尋證據，幫助我們對嚴監生這個人物有更完整的認識：

小細節點出人物關係

在這段故事中，作者對每位人物都只用了寥寥幾筆，就生動的勾勒出人物的特質，表現他們和嚴監生的關係。

比如大姪子關心的是「親人」；二姪子關心的是「銀子」，讓嚴監生氣得睜眼、猛搖頭；奶媽關心的則是「舅爺」。他們都不能了解嚴監生的心意，只有趙氏真正

懂他，知道他的節儉始終如一。而我們從嚴監生睜眼、閉眼、搖頭、舉手指的舉動中，也可以得知他的心思。如此，人物的形象就透過簡單的舉止表露出來了。

人物的形象必須完整

塑造人物最忌諱的，就是人物的形象太過單一，因為人的性格是多面向的，是複雜、立體的。在現實中，一個人的確可以對別人慷慨，對自己卻相當節儉。那麼，嚴監生是否曾經展現過他的慷慨？

首先，嚴監生願意花錢為哥哥嚴貢生擺平官司。嚴貢生惹來官司畏罪逃走時，嚴監生出面解決，他「連在衙門使費共用去了十幾兩銀子」，表現手足之情。

另外，嚴監生也願意花錢為夫人王氏治病、治喪。王氏得病，他捨得花醫藥費「每日四五個醫生用藥，都是人參、附子」，但是他自己生病卻捨不得吃人參。王氏去世後，還將她的積蓄贈予她的兩個哥哥；王氏的喪事則「用了四五千兩銀子」。看得出來，他對妻子和妻舅相當慷慨，而且有情有義。

不只對妻子，嚴監生對他的側室趙氏也很疼愛。夫人王氏死後，他將趙氏扶正，讓她心安。扶正的所有儀式都需要用錢，所以嚴監生「又拿出五十兩銀子來交與……共擺了二十多桌酒席」，極為疼愛趙氏。

要知道一個男人是否愛他的妻子，就要看他願不願意在她身上花錢。節儉和吝嗇在本質上不同，真正的吝嗇鬼，對自己和家人都不會花半分錢。在深入的閱讀理解後，我們才知道該如何全面的理解人物。現在就來寫寫看！

【3分鐘說故事】目送

神父進來了，拿著這家人準備好的銀製十字架、銀燭台和鑲銀的聖水壺，準備為妮妮臨終禱告。父親的臉上淌著淚，不想錯過最後的告別。不久，妮妮眼皮顫動，臨終的痛苦終究降臨了，神父手執銀製的十字架靠近病人。父親伸手指著十字架，似乎有什麼意見。神父忍不住後退一步，父親仍死盯著神父，張口想說什麼。妮妮那雙藍如天使的眼睛忽然向上翻了翻，吐出一口長氣，就此不動了。來不及目送女兒的父親，懊悔得閉上眼睛許久，終於嘆口氣，回頭對神父說：「你去樓下報帳

吧！」頓了一頓，又用手指著神父道：「還有，不准短少一件銀器！」

寫作分析：

我們一開始看不懂，這父親究竟想說什麼或做什麼？女兒將嚥下最後一口氣了，還有什麼比這個更重要，以至於他錯過目送自己的女兒呢？等看到最後才知道，原來這個父親在意的是那些貴重的法器，讓人覺得既荒謬、又遺憾。這樣的逆轉讓我們知道，**好的故事就是能將最關鍵的部分，壓在最後一句話**。

【實戰寫作演練】

請參考〈節儉的嚴監生〉和〈目送〉，從人物的**行為舉止**去表現他的性格，並寫成一篇**兩百五十字**以內的短文：

1. 先釐清故事的**中心思想**，請分別將**節儉**和**吝嗇**的定義寫下來。

2. 在**節儉**或**吝嗇**中選擇其一，成為主角的**性格**，描述他的**身分背景**。

3. 決定發生的**事件**，並想一想，主角有什麼**行為舉止**，能表現他的性格。

4. 請將上面的寫作材料整理好，寫成一篇**兩百五十字**以內的短文。

22 運用對比傳達諷刺，豐富故事深層意涵：明湖見聞錄

【故事課】

對比能夠創造諷刺的效果，是因為「表象的美」和「內在真實的醜」放在一起，會產生強烈的衝突。

假如，故事描述在富麗堂皇的客廳裡，有奴隸趴著擦地板；讀者就會感受到其中的諷刺意味。

因為嚮往自由、平等，正是人類普遍的天性。

【讀經典故事】

清．劉鶚《老殘遊記．二回　歷山山下古帝遺蹤，明湖湖邊美人絕調》節錄

到了鐵公祠前[1]，朝南一望，只見對面千佛山上，梵宇僧樓[2]，與那蒼松翠柏，高下相間，紅的火紅，白的雪白，青的靛青[3]，綠的碧綠，更有那一株半株的丹楓夾在裡面，彷彿宋人趙千里的一幅大畫[4]，做了一架數十里長的屏風。正在嘆賞不絕，忽聽一聲漁唱，低頭看去，誰知那明湖業已澄淨的同鏡子一般。那千佛山的倒影映在湖裡，顯得明明白白，那樓台樹木，格外光彩，覺得比上頭的一個千佛山還要好看，還要清楚。這湖的南岸，上去便是街市，卻有一層蘆葦，密密遮住。現在正是開花的時候，一片白花映著帶水氣的斜陽，好似一條粉紅絨毯，做了上下兩個山的墊子，實在奇絕。

老殘心裡想道：「如此佳景，為何沒有甚麼遊人？」看了一會兒，回轉身來，看那大門裡面楹柱上有副對聯，寫的是「四面荷花三面柳，一城山色半城湖」，暗暗點頭道：「真正不錯！」進了大門，正面便是鐵公享堂[5]，朝東便是一個荷池。繞著曲折的迴廊，到了荷池東面，就是個圓門。圓門東邊有三間舊房，有個破匾，上題「古水仙祠」四個字。祠前一副破舊對聯，寫的是「一盞寒泉薦秋菊[6]，三更畫舫穿藕花[7]」。過了水仙祠，仍舊上了船，盪到歷下亭的後面。兩邊荷葉荷花將船夾住，那荷葉初枯，擦的船嗤嗤價響[8]；那水鳥被人驚起，格格價飛；那已老的蓮蓬，不斷的蹦到船窗裡面來。老殘隨手摘了幾個蓮蓬，一面吃著，一面船已到了鵲華橋畔了。

到了鵲華橋，才覺得人煙稠密，也有挑擔子的，也有推小車子的，也有坐二人抬小藍呢轎子的。轎子後面，一個跟班的戴個紅纓帽子，膀子底下夾個護書[9]，拼命價奔，一面用手巾擦汗，一面低著頭跑。街上五六歲的孩子不知避人，被那轎夫無意踢倒一個，他便哇哇的哭起。

【注釋】

1. 鐵公祠：鐵公指明惠帝時的忠臣鐵鉉（西元一三六六～一四〇二年），字鼎石，河南鄧州（今

鄧州市）人，靖難之變時不肯向造反的燕王朱棣投降，而被處死，後世建鐵公祠紀念其忠義。

2. 梵宇：指佛寺。

3. 靛青：用來染布的藍色染料。靛，音店。

4. 趙千里：名伯駒，字千里，生卒年不詳。南宋畫家，擅長畫山水、花果、翎毛，尤其擅長畫金碧山水。

5. 享堂：供奉祖宗、神佛的地方。

6. 薦：進、獻。

7. 三更：夜晚十二點左右，或以為子時（夜間十一點到凌晨一點）。畫舫：裝飾華麗的遊船。

8. 價：吳語中的語尾助詞，常出現在形容詞後面，用法跟「的」字相當。下文「格格價飛」、「拼命價奔」相同。

9. 護書：放置文件書函的長方形木盒。

【引導式閱讀理解】

這則故事，敘述老殘在濟南大明湖畔的所見所聞。這段描述最受人讚賞的，便是寫景的部分，但是，我們很容易就會忽略背後深層的意義。其實作者在觀賞風景之餘，仍然關注著百姓的不幸，文中蘊含諷刺，需要細心的加以挖掘。

一般的遊記，往往注重旅遊時見到的景物，但《老殘遊記》關心的範圍更廣，運用多面向的寫法，反映晚清時期的社會狀況及百姓的處境，其中最有特色的寫法就是「借景抒懷」，將景物和事件放在一起對比，達到諷刺的作用。

我們先分析作者是怎樣寫景、敘事，怎麼運用對比傳達諷刺，使「遊記」不再只是記錄吃喝玩樂的小事，而提升到傳遞思想、關懷社會的層次：

拉長鏡頭寫景，由遠而近

先從最遠的千佛山開始寫起，廟宇和松柏是這裡著墨的焦點，但作者不寫植物的外觀，反而突顯色彩，就像在描述一幅山水畫。

接著是「一聲漁唱」，用聲音將我們的注意力拉到大明湖的湖面，讓山的倒影呈現出獨特的美感。「格外光彩」告訴我們，水的光影讓山景更加璀璨了。湖邊的「一層蘆葦」遮住了街市，使得這裡彷彿隔絕人間。

最後再將鏡頭拉得更近，更集中的描寫盛開的花。這種由遠而近的景物描寫技巧，一步一步地，帶我們逐漸聚焦在作者想要談的重點。

全方面敘事，點、線、面

接著，作者從鐵公祠，經過水仙祠，改乘船在荷花池上遊覽，又經過歷下亭，最後到了鵲華橋畔，這時就目睹了一件事：官員的轎夫踢倒一個小孩。也許我們一開始會責怪轎夫，但是作者對轎夫「拼命價奔，一面用手巾擦汗」的描述，又讓人驚覺到轎夫們也是被人奴役的苦力，「小藍呢轎子」上的官員才是始作俑者。

轎子是「點」，轎夫踢小孩是「線」，連起來的「面」是達官貴人奴役百姓的殘酷現實，小孩遭受的是池魚之殃，美景底下發生的事，才是作者想傳達的。

美景之後，有壞事對照

作者離開有如仙境的地方，在陶醉之餘，描述走進人煙稠密的街市，看到底層百姓的遭遇，這時，讀者就會跟作者一樣產生強烈的情緒。這種對比製造了極大的反差，用意是要引出美景背後深藏的現實問題，是令人印象深刻的諷刺手法。

作者將他想傳達的觀點，在故事中埋伏得極深，一般閱讀很容易忽略，只有細心的梳理脈絡，仔細的觀察字裡行間的小細節、小伏筆，才能夠挖掘出來。現在，我們也來找一個景，學習作者劉鶚的寫法，說個有意義的故事。

【3分鐘說故事】真相

放眼望去，玫瑰花在草原上隨意的綻放，像一塊只在喜慶時才會出現的地毯；蜜蜂任意的繞著花朵飛，幾隻烏鴉也在草地上自由的踱步。

這時，一群雪白的綿羊緩步走上草原，有的嬉戲似的互相推擠，有的低頭吃草。牧羊人跟在後面，眼神如鷹，生怕走失了一頭羊。

過了一會，羊群要離開了，她卻發現隊伍中最落後的那幾隻，走路一跛一跛的，牧羊人不時對牠們大聲斥喝，她這才驚覺，聽說有些牧羊人會打斷羊的腿，好教訓牠們不要走失。

寫作分析：

前面以「隨意」、「任意」、「自由」等字眼，形容花朵、蜜蜂和烏鴉的自由自在，讓讀者以為自然界都是如此歡樂，「喜慶」更是為了製造後面悲劇的反差。綿羊剛出現時，也營造出和諧愉快的氣氛，結果主角無意間發現了牧羊人的殘忍行為，深刻的諷刺了人性的黑暗面，也讓我們反省人類對待動物的態度。

【實戰寫作演練】

請參考〈明湖見聞錄〉和〈真相〉寫一段文字，在寫景時蘊含**諷刺**，並寫成一篇**兩百字左右**的短文：

1. 先想清楚，你想要**諷刺**的內容是什麼？將**概念**書寫下來。

2.故事中的景色非常美，請描述出來。它將和後面發生的悲劇**對比**。

3.決定發生了什麼**事件**，讓讀者看見人性的**醜陋面**。

4. 請將上面的寫作材料整理好，寫成一篇兩百字左右的短文。

23 故事要生動，描摹事物不可少：王小玉說書

【故事課】

描摹，就是用文字表現人或事物的形象、情狀、特性等等，它的美學價值在於形象與生動。

描摹中不只帶有畫面，還要有情節，並且善用比喻、擬人、擬物、誇飾等藝術技巧。

說故事時運用描摹，才能使一鍋淡水變得充滿滋味。

【讀經典故事】

清．劉鶚《老殘遊記．二回　歷山山下古帝遺蹤，明湖湖邊美人絕調》節錄

正在熱鬧哄哄的時節，只見那後台裡，又出來了一位姑娘，年紀約十八九歲，裝束與前一個毫無分別。瓜子臉兒，白淨面皮，相貌不過中人以上之姿，只覺得秀而不媚，清而不寒。半低著頭出來，立在半桌後面，把梨花簡了當了幾聲[1]。煞是奇怪，只是兩片頑鐵，到他手裡，便有了五音十二律似的。又將鼓捶子輕輕的點了兩下，方抬起頭來，向台下一盼。那雙眼睛，如秋水，如寒星，如寶珠，如白水銀裡頭養著兩丸黑水銀，左右一顧一看，連那坐在遠遠牆角子裡的人，都覺得王小玉看見我了，那坐得近的更不必說。就這一眼，滿園子裡便鴉雀無聲，比皇帝出來還要靜悄得多呢，連一根針跌在地下都聽得見響！

王小玉便啟朱脣，發皓齒，唱了幾句書兒。聲音初不甚大，只覺入耳有說不出來的妙境。五臟六腑裡，像熨斗熨過，無一處不伏貼。三萬六千個毛孔，像吃了人參果，無一個毛孔不暢快。唱了十數句之後，漸漸的越唱越高，忽然拔了一個尖兒，像一線鋼絲抛入天際，不禁暗暗叫絕。那知他於那極高的地方，尚能迴環轉折。幾轉之後[2]，又高一層，接連有三四疊，節節高起。恍如由傲來峰西面攀登泰山的景象，初看傲來峰削壁千仞[3]，以為上與天通。及至翻到傲來峰頂，才見扇子崖更在傲來峰上。及至翻到扇子崖，又見南天門更在扇子崖上。愈翻愈險，愈險愈奇。

那王小玉唱到極高的三四疊後，陡然一落，又極力騁其千迴百折的精神，如一條飛蛇在黃山三十六峰半中腰裡盤旋穿插。頃刻之間，周匝數遍[4]。從此以後，愈唱愈低，愈低愈細，那聲音漸漸的就聽不見了。滿園子的人都屏氣凝神，不敢少動。約有兩三分鐘之久，彷彿有一點聲音從地底下發出。這一出之後，忽又揚起，像放那東洋煙火，一個彈子上天，隨化作千百道五色火光，縱橫散亂。這一聲飛起，即有無限聲音俱來並發。那彈弦子的亦全用輪指[5]，忽大忽小，同他那聲音相和相合，有如花塢春曉[6]，好鳥亂鳴。耳朵忙不過來，不曉得聽那一聲的為是。正在撩亂之際，忽聽霍然一聲[7]，人弦俱寂。這時台下叫好之聲，轟然雷動。

【注釋】

1. 梨花簡：演唱梨花大鼓者所執的半月形銅片。
2. 轉：喉音的轉折。
3. 千仞：古時八尺為一仞，形容非常高。
4. 周匝：圍繞一周。
5. 輪指：一種琵琶、琴等弦樂器的彈奏指法。
6. 花塢春曉：形容鳥語花香的美好春景。塢，音物。
7. 霍然：突然。

【引導式閱讀理解】

這段「王小玉說書」，是古典文學中關於描摹事物相當精采的典範之一。故事敘述主角老殘前往大明湖邊，欣賞說書名家王小玉（白妞）的表演，針對白妞的相貌、聲音等等，做了許多絕妙的想像和比喻。

故事的焦點是「說書」，理應被放在最後成為壓軸好戲，所以在描寫說書以前，作者就先設計好一連串的鋪墊。一開始，先描寫白妞清新脫俗的相貌，接著，寫她操弄梨花簡「小露一手」，使人驚豔，讓人期待她後面的演出。然後寫白妞迷人的眼神，全場觀眾安靜無聲，最後才是令人銷魂的說書表演。

這篇故事的成敗，關鍵就在描摹的功力。現在就讓我們從細細的品讀中，享受閱讀的快樂，從中學習作者精湛的描寫藝術：

藝術家等級的美女

一開始就先讓讀者見到佳人的真面目，可以讓第一印象深植人心。故事說白妞：「相貌不過中人以上之姿，只覺得秀而不媚，清而不寒。」白妞不是豔麗的美女，勝在氣質良好，「秀、清」正道出她脫俗的藝術家氣質。

眼神清澈能壓場

眼睛是靈魂之窗，想看出一個人的心思，就要關注眼睛透露出來的訊息。故事

說白妞：「那雙眼睛，如秋水，如寒星，如寶珠，如白水銀裡頭養著兩丸黑水銀。」黑白分明的眼睛，象徵她的思想條理清晰。要注意作者用了什麼比喻，秋水、寒星、寶珠都給人閃亮和清澈的感覺，形容眼珠相當貼切。

白妞的眼睛對台下這麼一看，「滿園子裡便鴉雀無聲」，而且「比皇帝出來還要靜悄得多呢」，說明她的氣場強大，鎮得住全場。

音質舒服、順耳

音質就是聲音在表現時帶給我們的感覺。白妞的聲音：「初不甚大，只覺入耳有說不出來的妙境。」用的是**虛筆**，只是概括的點出感覺，接著才用**實筆**具體的描述：「五臟六腑裡，像熨斗熨過，無一處不伏貼。三萬六千個毛孔，像吃了人參果，無一個毛孔不暢快。」

文字的「虛實」，指的是作者描述事物的詳、略。如果寫得簡略、抽象，比如說聲音入耳時有說不出的「妙境」，就是虛筆；如果寫得具體、詳細，比如說聲音像用「熨斗」熨過、像吃「人參果」，就是實筆。好的作品總能夠搭配得宜。

高音如攀高峰，層層疊起

歌手在唱歌時飆高音，並不是忽然拔高，往往是一層接一層的調整音高。比如形容白妞的高音有如攀登高峰，就像「由傲來峰西面攀登泰山」，觀眾以為已經到了頂點，沒想到還能繼續高上去：「翻到傲來峰頂，才見扇子崖更在傲來峰上。」這樣還不夠，更驚人的是，白妞還能唱得更高，所以：「及至翻到扇子崖，又見南天門更在扇子崖上。」在這裡將**層遞法**發揮得淋漓盡致。

轉音千迴百折

飆完高音以後，白妞又秀出她的轉音技巧：「如一條飛蛇在黃山三十六峰半中腰裡盤旋穿插。」這是說唱的花腔表現，類似現代的 R&B 歌曲唱法。轉音著重控制口鼻肌肉，要讓聲音像飛蛇在山峰之間盤旋如意，只有高手才做得到。

快說、快唱雜而不亂

接下來是一連串的快板：「像放那東洋煙火，一個彈子上天，隨化作千百道五色火光，縱橫散亂。」想必白妞是用極快的速度說書，有如子彈飛射。然而速度一快，咬字就容易模糊，白妞能夠字字清晰不混亂，顯示她功力深厚。

音樂與聲音合一

伴隨著快說、快唱的，是伴奏的「輪指」，故事描述它：「忽大忽小，同他那聲音相和相合，有如花塢春曉，好鳥亂鳴。」人與音樂互相搭配，宛如一體，就像美好的春景那麼和諧，不知背後經歷了多少次的排練，才能達到這種境界。

這場完美的演出，在作者的生花妙筆下，給予我們十足的臨場感，描摹的技巧高超是一大關鍵。現在，讓我們來打磨自己的筆，學習描摹的藝術吧！

當她唱到尾聲時，聲音便細、細得像一條虛線，將要斷了似的。我們以為要結束了，忽又揚起，如同湍急的流水拍著岩石，濺出許多晶瑩的小水珠；又如尾隨在獨木舟後面的細流，低低的潛伏著，舒緩而不急促；又像一條在山峰之間盤旋的飛龍，因為身軀龐大，只能緩緩的上升；隨後又如一大群燕子排成人字形，浩浩蕩蕩的飛向天際。當最後一個字唱出口，就有如金玉落下，擲地有聲。

寫作分析：

練習時應該小題大作，先從一個小點開始練習，比如像這則故事，就是專注於描寫歌唱的尾聲。故事中用了幾個具體的事物來形容歌聲，比如流水、水珠、細流、飛龍、燕子、金玉等等，什麼聲音搭配什麼事物，都需要精心的設計。

【實戰寫作演練】

請參考〈王小玉說書〉和〈尾聲〉，針對人、事、物練習**描摹**的技巧，並寫成一篇**兩百字**以內的短文：

1. 先決定你想描寫的**對象**是人、事，還是物？寫下它的**三大特色**。

2. 針對這**三大特色**，決定要搭配哪三**個事物**，並造出三個**譬喻句**。

3. 故事的**結尾**，就是你對前面這些描寫所作出的**總結**，兩三句即可。

4. 請將上面的寫作材料整理好，寫成一篇**兩百字以內**的短文。

卷四

張愛玲和魯迅的經典故事課

24 張愛玲的食物意象課：楊梅、核桃與棗子

【故事課】

作家說故事，會先用感官觀察外界的事物，在心中釀成意象，最後用文字表現出來。

張愛玲小說中的食物意象，往往反映人物特定的心理，每個意象就是一種心理狀態。

她並不著重描摹味覺的感受，而是賦予深刻的象徵意義，將寓意隱含在其中。

張愛玲愛吃，她也喜歡在小說中書寫大量的食物，然而多數張愛玲小說的讀者，

都會將焦點放在她那華美的視覺描寫，而忽略了張愛玲其實是一位喜愛吃食、善於書寫食物的專家。她注重飲食，擁有敏銳的感受力，曾在《續集・自序》中表示對飲食的喜好：「多數人印象中以為我吃得又少又隨便，幾乎不食人間煙火，讀後大為驚訝，甚至認為我『另有一功』。衣食住行我一向比較注重衣和食。」

其實，張愛玲對於食物的觀察與研究，已經達到爐火純青的境界。她鑽研飲食藝術，對食物、佐料、飲料的種類和烹調方式認識極廣，所以在創作小說時，很自然的，也把她對食物與飲食活動的觀察當作素材，開闢別具特色的小說風格。現在，就讓我們閱讀幾個小說中的例子，向張愛玲學習寫作。

【讀經典故事】

現代・張愛玲〈第二爐香〉、〈封鎖〉、〈花凋〉、〈年輕的時候〉摘錄

以食物打造人物形象

由於張愛玲對食物的外表、味道或象徵意義，都能精確的掌握，才能在創作中，

成功的用食物打造人物形象。她經常將食物的外觀和人物的長相連結起來，作出種種趣味化的比喻，相當具有幽默感。比如在〈第二爐香〉中，有一位教堂的主教，為主角羅傑和愫細主持婚禮，他的模樣就像「楊梅」：

主教站在上面，粉紅色的頭皮，一頭雪白的短頭髮樁子[1]，很像蘸了糖的楊梅[2]，窗子裡反映進來的紫色，卻給他加上了一匝青蓮色的頂上圓光[3]。

為什麼張愛玲形容主教的模樣時，要用「楊梅」呢？我們可以從味覺來聯想。「蘸了糖的楊梅」甜滋滋的，象徵愛情，但是楊梅的酸味也象徵傷心。主教的形象是神聖美好的，反映主角羅傑對婚禮的期待。誰知道人生就是有令人心頭酸澀的意外，「楊梅」已經暗示我們，羅傑與妻子愫細的婚姻並不順遂。

【注釋】

1. 樁子：一端埋在土中的柱狀物體。樁，音裝。
2. 蘸：音戰，把東西沾上液體。
3. 匝：音咂，圍繞、籠罩。

為人物設計整體的形象

「魔鬼就藏在細節裡」，張愛玲非常注重細節的描寫，在設計人物形象時，從人物的外表到內在都務求整體性。比如在〈封鎖〉中，主角呂宗楨的對面坐了一個老頭子，張愛玲便用「核桃」來涵蓋他的動作、外表和思想：

只有呂宗楨對面坐著一個老頭子，手心裡骨碌碌骨碌碌搓著兩隻油光水滑的核桃[1]，有板有眼的小動作代替了思想。他剃著光頭，紅黃皮色，滿臉浮油。打著皺，整個的頭像一個核桃。他的腦子就

像核桃仁，甜的，滋潤的，可是沒有多大意思。

核桃充滿皺摺的表面，用來形容老人的膚色和皺紋，相當具有巧思；老人的思想，則用核桃仁的口感來形容，「沒有多大意思」是說乏善可陳。再深入探究，「核桃」有家庭和睦的寓意，對照呂宗楨將要進行的外遇，充滿反諷的意味。

【注釋】

1. 骨碌碌：不斷滾動的樣子。油光水滑：形容經常摩擦而光滑細潤。

飲食透露人物的性格

在說故事時，透過描述人物的舉止行動，可以表現人物的性格，自然，也可以拿人物吃東西的樣子來比擬，強化人物的形象。在〈花凋〉的故事中，主角章雲藩的個性謹言慎行，張愛玲就透過他吃洋棗的動作，來反映他的個性：

他說話也不夠爽利的[1]，一個字一個字謹慎地吐出來，像在隆重的宴會裡吃洋棗，把核子徐徐吐在小銀匙裡，然後偷偷傾在盤子的一邊，一個不小心，核子從嘴角裡直接滑到盤子裡，叮噹一聲，就失儀了[2]。

這裡刻意用帶點貶抑的描述，來形容章雲藩吃洋棗。乍看之下，我們會認為章雲藩的個性太拘謹了，而且過分小心；但其實他很注重禮節，生怕失禮，做事謹慎而且談吐斯文，是個有教養的人，女主角川嫦才因此對他心生愛慕。

【注釋】

1. 爽利：爽快俐落。
2. 失儀：禮貌或儀態上有所疏失。

奇妙的想像和比喻

張愛玲天生就有豐富的想像力，在〈年輕的時候〉這篇小說中，一開始，女主角沁西亞就被隱喻為植物：「可以輕輕掐下她的頭來夾在書裡。」她像是植物的「標本」；但標本是死的，而且是在最美的時候死去，暗示她早逝的命運。果然到了故事的結尾，沁西亞病重，張愛玲就以吸乾的蜜棗來形容她的病容：

沁西亞在枕上兩眼似睜非睜濛濛地看過來。對於世上一切的漠視使她的淡藍的眼睛變為沒有顏色的。她閉上眼，偏過頭去。她的下巴與頸項瘦到極點，像蜜棗吮得光剩下核，核上只沾著一點毛毛的肉衣子。

蜜棗是一種滋味甜美的食物，正如沁西亞是個美麗的女子，但這時我們看到的，卻是一副被「吸乾」的面貌，告訴我們，那甜美、年輕、豐盈的生命將要消逝，此刻她奄奄一息，生命力已然枯竭，就只剩下那「一點毛毛的肉衣子」。

在張愛玲的食物意象中，可以見到她對人物有透澈的理解，同時也理解食物的本質，因此創作時能運用自如。現在，我們就把握這個原則，選擇一樣自己喜歡吃的食物，利用食物的特性來塑造人物形象。

【3分鐘說故事】完美主婦

雨淅淅瀝瀝下個不停，她一踏進家門就拉下外衣的拉鍊，這時緊貼在她身上的鮮綠色薄外衣，大片的衣領立刻從兩邊徐徐分開，露出裡頭亮黃色的衣服，使她整

個人活像剝了葉子的玉米棒子。而她也正如玉米那般多用途，照料家庭的一切：做家務時變身為掃地機器人，陪孩子寫功課時是ＡＩ人工智慧，在丈夫面前則換了一個型態，成為金髮尤物。在她金黃色的腦袋瓜底下，她的思想也正如飽滿的玉米粒，將每一項待辦的事務排列得整整齊齊，從不會混亂。

寫作分析：

如果你想將一個家庭主婦寫得很有創意，不妨學學張愛玲，拿一樣食物來比喻，將人物的外在和內在，與食物的外表和特性聯想在一起，比如這則故事中的「玉米」。玉米的特性是能加工成各種食品，具有多用途，同時玉米粒排列得整整齊齊的，就像這位能幹的主婦，頭腦清楚，做事有條不紊。這是相當容易上手的技巧，但前提是，你必須對人物和食物觀察得很仔細，下筆才能鮮活生動。

【實戰寫作演練】

請參考張愛玲小說中的例子和〈完美主婦〉，利用**食物**來塑造**人物形象**，並寫成一篇**兩百字左右**的短文：

1. 想一想，你平日最喜歡吃什麼**食物**？請描述它的**外表**和**特性**。

2. 設定故事中的**主角**，描述他的**性格特徵**。

3.將人物與食物**連結**在一起，試著造出幾個**句子**，用食物描寫這個人物。

4.請將上面的寫作材料整理好，寫成一篇**兩百字左右**的短文。

25 張愛玲的聲音模擬課：無線電、音樂與留聲機

【故事課】

在現實中，我們透過聲音表達意見；作家則在作品裡用豐富的技巧，將聲音轉化為可讀的文字。

張愛玲藉由對聲音的捕捉與模擬、創造，使故事更貼近日常生活，進一步引發我們的共鳴。

不論是噪音、樂曲旋律，或是話語聲、歌聲，在她眼中，都是富有魅力與藝術美感的。

張愛玲是書寫聲音的佼佼者，她擁有過人的感受力，對事物的觀察異常敏銳，

才造就筆下瑰麗多彩的文學世界。她曾在散文〈天才夢〉中說：「當我彈奏鋼琴時，我想像那八個音符有不同的個性，穿戴了鮮豔的衣帽攜手舞蹈。」外界的色彩、聲音，如此刺激著張愛玲的感官，引出種種奇妙的想像。

張愛玲在童年時期曾學習彈奏鋼琴，培養出對音樂和聲音的敏感度，所以運用聲音的特質，透過豐富的表現手法，使書寫充滿藝術張力，就成了張愛玲小說的一大特色。她藉由刻畫聲音來營造畫面、傳達人物的情感與思想，反映作家的美學風格。以下就透過閱讀理解，來探究張愛玲的聲音書寫。

【讀經典故事】

現代．張愛玲〈紅玫瑰與白玫瑰〉、〈第一爐香〉、〈金鎖記〉、〈第二爐香〉

摘錄

無線電傳達心聲

張愛玲在小說中，讓無線電的聲音代替人物發聲，是一種精采的創意。在〈紅玫瑰與白玫瑰〉中，男主角佟振保對沒有愛的婚姻感到不耐煩，卻又無法改變處境。他按照世俗的標準跟性格安分、無趣的孟煙鸝結婚，又不甘心，覺得別人虧欠了他，這微妙的心情，就透過無線電訴說出來：

樓下的無線電裡有個男子侃侃發言[1]，一直說下去，沒有完。振保自從結婚以來，老覺得外界的一切人，從他母親起，都應當拍拍他的肩膀獎勵有加。像他母親是知道他的犧牲的詳情的，即是那些不知底細的人[2]，他也覺得人家欠著他一點敬意，一點溫情的補償。

振保就像無線電裡「侃侃發言」的男子，不斷的抱怨，他努力維持「好人」的形象，做個好兒子、好丈夫，承擔許多責任，但這並不是他真正想要的生活，結果必然是一肚子說不完的牢騷和不平。透過無線電的聲音，張愛玲帶我們走入佟振保的心靈深處，洞悉他深藏在心中的情感衝突。

【注釋】

1. 侃侃：從容不迫的樣子。
2. 底細：人或事的根源內情。

用音樂來比喻

〈第一爐香〉裡的女主角葛薇龍，在登場時，只是個極普通的、經濟有問題的上海女孩，她向姑媽梁太太尋求接濟。梁太太是個交際花，看到青春貌美的薇龍，覺得奇貨可居，便收羅了她。於是薇龍住在姑媽家，見到了從未見過的繁華生活，張愛玲用音樂及衣櫃內的衣服，描述這種生活對薇龍的誘惑：

薇龍一夜也不曾闔眼，才闔眼便恍惚在那裡試衣服，試了一件又一件：毛織品，毛茸茸的像富於挑撥性的爵士樂；厚沈沈的絲絨，像憂鬱的古典化的歌劇主題曲；柔滑的軟緞，像「藍色的多瑙河」，涼陰陰地匝著人[1]，流遍了全身。才迷迷糊糊盹了一會，音樂調子一變，又驚醒了。樓下正奏著氣急吁吁的倫巴舞曲，薇龍不由想起壁櫥裡那條紫色電光綢的長裙子，跳起倫巴舞來，一踢一踢，淅瀝沙啦響。

薇龍耳中聽的，是樓下留聲機傳來的舞曲；手中摸的，是梁太太為她準備的各式華服，未來的生活光耀炫目，深深的打動了她的心。張愛玲揉合了音樂之美與衣料的觸感，讓聽覺與觸覺通同一氣，表現薇龍心中對榮華富貴的渴慕。

【注釋】

1. 匝：圍繞、籠罩。

嗓音反映人物性格

聲音也有自己的「表情」，能夠透露說話者的年齡、情緒、個性及健康狀態，適合用來塑造人物形象。張愛玲著重刻畫人物的嗓音，揭露他們的性格和出身背景，相當具有特色。比如〈金鎖記〉裡的曹七巧是標準的惡婆婆，在兒子長白的新婚之夜時，以特殊的嗓音對親友們說媳婦芝壽的壞話：

七巧哼了一聲，將金挖耳指住了那太太，倒剔起一隻眉毛，歪著嘴微微一笑道：「天性厚，並不是什麼好話。當著姑娘們，我也不便多說——但願咱們白哥兒這條命別送在她手裡！」七巧天生著一副高爽的喉嚨，現在因為蒼老了些，不那麼尖了，可是扁扁的依舊四面刮得人疼痛[1]，像剃刀片。

七巧用「剃刀片」般的語聲和幾句話，就殺人於無形，重傷了芝壽。在這裡，張愛玲運用動詞的「刮、剃、割」，形容語言和聲音一樣傷人，令人感到揪心，產生遍及周身的難耐與不安，讓我們對七巧的狠毒印象深刻。

【注釋】

1. 扃扃：音窘，明察、清楚。

音樂襯托心情

張愛玲常用音樂或聲音為人物譜寫心曲，表露人物的心情。比如在〈第二爐香〉裡，羅傑將要迎娶愫細，在婚禮開始前，他懷抱著一顆喜悅和興奮的心，打算先去愫細家看看新娘。這裡以音樂和蟬聲，形容羅傑迎娶愫細的快樂心情：

對於羅傑，那是個淡色的，高音的世界，到處都是光與音樂。他的龐大的快樂，在他的燒熱的耳朵裡正像夏天正午的蟬一般，無休無歇地叫著：「吱……吱……吱……」一陣陣清烈的歌聲，細，細得要斷了；然而震得人發聾。

「高音」、「光與音樂」，象徵興奮和愉悅，形容羅傑即將結婚的快樂；而夏日的蟬聲是熱烈、歡鬧的，傳達羅傑即將成為新郎、卻又必須暫時壓抑住的那種興奮之情。但是最後卻用「斷了」、「震得人發聾」等字眼，以具有破壞性的暗示，預告羅傑與愫細的婚姻，將遭遇到巨大的不幸。

張愛玲藉著聲音的特性，塑造小說的世界，她以聲音書寫人物、反映人心、揭露人性，透過她的想像，聲音便化為繽紛的意象，讓小說的寓意更深刻。我們也可以向張愛玲學習，用聲音巧妙的形容事物。

她坐下來敲擊鍵盤，為老闆寫信，彷彿彈奏鋼琴般，指下流瀉出許多情調：溫柔、輕盈的是〈夢幻曲〉，寫給老闆的女性朋友；悠揚、平和中正的是〈A大調圓舞曲〉，寫給老闆的太太；舒緩、安詳的是〈月光曲〉，寫給老闆的兒子；聽起來響亮又威風的是〈皇帝協奏曲〉，則是寫給老闆的合夥人。她將敲擊鍵盤的功夫練得流暢如意，點、捺、按、敲，指法精湛，每一個字都排列得整整齊齊，一絲不苟。她是專會打字的莫札特，祕書界的藝術家！

寫作分析：

先選擇一個能製造聲音的小事來寫，比如描述祕書用鍵盤打字，將這些敲擊聲比喻為各種樂曲，寫信的對象不同，曲風也就跟著改變。女主角打起字來像彈鋼琴一樣流暢，可見她的專業度，稱「莫札特」、藝術家並不為過。

【實戰寫作演練】

請參考張愛玲小說中的例子和〈打字〉，利用**聲音**來說故事，並寫成一篇**兩百字以內**的短文：

1. 選擇一個發出**聲音**的來源，比如收音機、電視機，描述聲音的**特色**。

2. 設定故事中的**主角**，描述他的**性格特徵**。

3. 將人物與聲音**連結**在一起，並運用聲音描述主角的**內心世界**。

4. 請將上面的寫作材料整理好，寫成一篇**兩百字以內**的短文。

26 張愛玲的氣味書寫課：臭味、刨花味與餅乾味

【故事課】

嗅覺是沉默的知覺，一種有距離的感官，作家因嗅覺而產生想像，進而引發創作的意念。

張愛玲領略到氣味之美，於是將嗅覺經驗融入小說中，讓讀者與人物一同嗅聞、一同感受。

她的氣味書寫特色，就是經常現於字裡行間、揮之不去的「蒼涼感」，正與她一貫的小說風格呼應。

張愛玲在散文〈談音樂〉中，曾熱切的提及自己有個靈敏的鼻子，而且著迷於

特殊的氣味，她說：「別人不喜歡的有許多氣味我都喜歡，霧的輕微的霉氣，雨打溼的灰塵，蔥蒜，廉價的香水。像汽油，有人聞見了要頭昏，我卻特意要坐在汽車夫旁邊，或是走到汽車後面，等它開動的時候『布布布』放氣。……」

張愛玲的小說風格，就如她對氣味的品味一樣獨特，她的氣味書寫，往往能突破傳統的審美觀，運用各種新奇的辭彙與生動的描述，創造出令人深陷於其中的氣味世界。她時常將人物心理轉折的微妙之處，投射在氣味中，成為表現人物心理的依據，氣味便不再只是氣味，而是別具意涵的象徵。

【讀經典故事】

現代．張愛玲〈年輕的時候〉、《怨女》、〈金鎖記〉、《易經》摘錄

預告人物的命運

在小說〈年輕的時候〉，一位嚮往西方文明的學生潘汝良，偶然認識了外國女子沁西亞，初見面時驚為天人，他以為這是真愛，其實只是「為戀愛而戀愛」。後

來沁西亞跟別人結婚了，汝良前去觀禮，這場婚禮，就是他對沁西亞的美好想像澈底破滅的關鍵。看張愛玲如何描寫舉辦婚禮的禮拜堂：

禮拜堂裡人不多，可是充滿了雨天的皮鞋臭。在那陰暗，有氣味的禮拜堂裡，神甫繼續誦經[1]，唱詩班繼續唱歌。

這些描述都讓人聯想到「地獄」。傳說中，地獄和煉獄就像古代的冥府，瀰漫其中的，全都是惡臭和令人窒息的氣味，而天堂有著無法模擬的香味。沁西亞結婚的禮拜堂被描述得宛如地獄，神父是個酒鬼，持香的香伙長得也像鬼，「不是『聊齋』上的鬼，是義塚裡的，白螞蟻鑽出鑽進的鬼」。

張愛玲將聖潔的禮拜堂渲染成污穢的地獄，正切合那句俗語：「婚姻是愛情的墳墓。」臭味，猶如巨大的陰影籠罩在沁西亞的身上，預告她不幸的婚姻，也讓觀禮的潘汝良醒悟，不論是東方還是西方，命運之神對傳統女性都一樣殘酷。

【注釋】

1. 神甫：天主教的神職人員，也稱神父。

透露人物的出身

氣味總是能「不經意」的透露一些小祕密，尤其是小說人物的身分背景，比如職業、階級、文化、種族、出身等等，因為一個人的生活方式，會對他的健康和氣味造成影響，透過氣味，我們會更了解人物的生活與際遇，人物的貧富貴賤，一「聞」即知。比如在長篇小說《怨女》中，銀娣登場時的氣味：

門洞上的木板卡啦塔一聲推了上去，一股子刺鼻的刨花味夾著汗酸氣[1]，她露了露臉又縮回去，燈光從下頦底下往上照著[2]，更托出兩片薄薄的紅嘴唇的式樣。

刨花，是用刨子削出來的木頭薄片，用來製作護髮用的刨花水，有淡淡的木頭味；「刺鼻的」表示刨花水的品質粗劣，多了汗酸氣，更給人陳舊與污穢之感，表示生活環境不佳，透露銀娣出身於下層階級，同時也點出她俗豔的氣質。

【注釋】

1. 刨花：早期農業社會，婦女用的髮油代品。一般以桐木刨成薄木花，浸在水裡而成。
2. 下頦：下巴。頦，音孩。

暗示人物的情感關係

張愛玲也讓氣味宛如一道無形的牆，將戀人的世界與外界隔開，彷彿世上只剩下他們彼此。在〈金鎖記〉裡，曹七巧的女兒長安和童世舫戀愛約會的方式相當傳統，他們經常在公園裡散步，不說話，只憑氣味感受著彼此：

曬著秋天的太陽，兩人並排在公園裡走著，很少說話，眼角裡帶著一點對方的衣服與移動著的腳，女子的粉香，男子的淡巴菰氣[1]，這單純而可愛的印象便是他們身邊的闌干，闌干把他們與眾人隔開了。

「淡巴菰氣」是菸草味，「脂粉香」和「淡巴菰氣」分別代表長安和世舫，戀人的氣味在對方聞起來都是「可愛的印象」；氣味形成無形的「闌干」，將他們與外界隔開了，除了說明兩人的情意甚濃，也暗示我們，這對戀人戀愛的空間只能留在「闌干」裡面，禁不起外界（尤其是長安母親曹七巧）的侵擾。

【注釋】

1. 淡巴菰：一種菸草。為西班牙語 tabaco 的音譯。原產於南美洲，葉子含有尼古丁，可製成各類菸品。

氣味的通感

張愛玲以高超的手法，在小說中聯合嗅覺、視覺、觸覺等感官來形容氣味，極具巧思，比如在書寫氣味時，運用了更多的通感手法，讓各種感官一起醞釀出芬芳。在半自傳小說《易經》中，寫女主角琵琶在醫院的廚房裡烤餅乾，香氣濃郁，將氣味香濃的嗅覺感受以聽覺來互通：

烤餅乾的氣味香濃，瀰漫了整個小廚房，像無線電唱得很大聲。

餅乾的香氣攻占了整個廚房，嗅覺受到的刺激，就像高分貝的無線電廣播傳出來的聲音，霸氣的俘虜了人們的每條聽覺神經。再看另一個例子：

天氣熱，壞疽的氣味更濃[1]，布帘一樣掛在床邊[2]。

這是以視覺形容醫院病人的身上有濃烈的氣味。張愛玲把氣味具體化了，將嗅覺與視覺疊合起來，呈現氣味「濃得化不開」的感覺。

【注釋】

1. 壞疽：局部組織壞死，呈黑色或灰褐色，並出現腐敗現象。疽，音居。
2. 布帘：以布帛製成，用來遮蔽門窗的帷幕。帘，音連。

張愛玲對於氣味有著深入的觀察，她的氣味書寫方式因而多變、多樣，文字雖然簡約，但是淡淡的幾筆，就包含豐富的意境，兼顧了美感的傳遞。現在，我們就學習張愛玲的筆法，利用氣味來書寫大千世界。

【3分鐘說故事】巧克力

瑪麗好奇的打開媽媽留在餐桌上的盒子，只見巧克力上面裹著一層粉末，混和了牛奶的氣息飄了出來。她拿了一顆送入嘴裡，微苦的可可粉碰觸舌尖的剎那，苦澀中帶點甜蜜，就像複雜的愛情。再用牙齒輕輕地咬下去，裡頭的餡就汩汩的流了出來，薄荷味穿透了整個鼻腔，直達腦際，那股清新的味道，就像聖誕節的鈴鐺清脆而響亮；又像微風拂過時，小草輕輕的向一側倒下的樣子，令人感到撫慰，彷彿兒時在媽媽懷中聞到的母愛的芬芳。

寫作分析：

首先選擇一樣事物來寫，這裡寫的是巧克力的氣味。描寫氣味最忌諱單純的寫「很香」或是「很臭」，因為氣味是複雜多樣的，最好能寫出巧克力味的多種層次，可以先將幾種氣味列出來，然後再按照順序描述。寫作時，所運用的詞彙也要多加變化，多運用譬喻法，才能表現自己的語文能力。

【實戰寫作演練】

請參考張愛玲小說中的例子和〈巧克力〉，針對**氣味**進行描述，並寫成一篇**兩百字以內**的短文：

1. 選擇一個**氣味**的來源，比如人體、動物、花朵等等，描述氣味的**特色**。

2.將這個氣味與其他的感官**連結**起來，如視覺、味覺、聽覺、觸覺，任選三種感官造出**通感**的句子，可運用**譬喻法**造句。

3.描述**主角**聞到這個氣味後，內心有什麼**感觸**。

4. 請將上面的寫作材料整理好，寫成一篇**兩百字以內**的短文。

27 張愛玲的色彩印象課：紅色、白色與金色

【故事課】

每一種色彩都有它的意義，如果將色彩運用在人物塑造，就可以賦予人物不同的性格象徵。

比如紅色象徵熱情，白色象徵純潔，金色象徵財富，也可以反著來用，讓它們代表血腥、無趣和死亡。

張愛玲在小說中，對色彩有著精采的創造，關鍵就在她精準的掌握了色彩的意義和特性。

張愛玲的小說色彩濃厚，有著華美鮮豔的視覺意象，學者劉紹銘稱為「**兀自燃**

燒的句子」，其實華麗的效果，與她對色彩的喜好和想像，有很大的關係。她曾在散文〈天才夢〉中說：「對於色彩、音符、字眼，我極為敏感。……我學寫文章，愛用色彩濃厚、音韻鏗鏘的字眼，如『珠灰』、『黄昏』、『婉妙』、『splendour』（輝煌）、『melancholy』（憂鬱），因此常犯了堆砌的毛病。」

張愛玲在創造故事時，除了用色彩來寫景、狀物，也經常讓色彩成為象徵和隱喻，可以塑造人物形象、表現人物的心理流動，甚至暗示故事的結局。但是解讀小說中的色彩並不是容易的事，必須先對色彩本身和人物都有精確的觀察和掌握。現在，就讓我們運用閱讀理解，剖析張愛玲小說中的色彩。

【讀經典故事】

現代．張愛玲〈傾城之戀〉、〈第一爐香〉、〈金鎖記〉、〈紅玫瑰與白玫瑰〉

摘錄

紅配綠：鮮明的對照

在〈傾城之戀〉中，范柳原與白流蘇展開了一場愛情的戰爭。柳原因為原生家庭和個人情感的經歷，成了花花公子，只想將流蘇當作情婦；而離過婚、又沒有錢的流蘇受到娘家的厭棄，與柳原結婚變成唯一的出路。於是，張愛玲藉著流蘇搭船前往香港與柳原相會時所見到的景色，暗示兩人之間的矛盾：

好容易船靠了岸，她方才有機會到甲板上看看海景，那是個火辣辣的下午，望過去最觸目的便是碼頭上圍列著的巨型廣告牌，紅的、橘紅的、粉紅的，倒映在綠油油的海水裡，一條條，一抹抹刺激性的犯沖的色素[1]，竄上落下，在水底下廝殺得異常熱鬧。

紅色與綠色是相當鮮明的對照，張愛玲用了「犯沖」二字來形容，正呼應流蘇與柳原兩人壁壘分明、互相對立的婚姻觀。他們一個想嫁，一個不娶，在互動的過程中，想盡辦法迫使對方「就範」，正如同小說中所描述的「廝殺得異常熱鬧」，也讓我們知道，原來鮮明、對立的色彩，也能呼應這場「戰爭」。

【注釋】

1. 犯冲：相剋、互相對立的意思。

杜鵑紅：慾望的火花

在〈第一爐香〉中，葛薇龍從中產之家乍然進入富裕的粱太太家，所見到的一切，都超乎她的想像，讓她對榮華富貴產生了追求的慾望，張愛玲藉由對杜鵑花的描寫，讓開得像火一般紅的花象徵薇龍的慾望：

> 草坪的一角，栽了一棵小小的杜鵑花，正在開著，花朵兒粉紅裡略帶些黃，是鮮亮的蝦子紅。牆裡的春天，不過是虛應個景兒[1]，誰知星星之火，可以燎原[2]，牆裡的春延燒到牆外去，滿山轟轟烈烈開著野杜鵑，那灼灼的紅色，一路摧枯拉朽燒下山坡子去了[3]。

當薇龍第一眼看到梁太太家門外的花，就暗示她注定陷入名利財富的慾望中，無法自拔。在這裡，不管是「鮮亮的蝦子紅」、「灼灼的紅色」，還是「摧枯拉朽燒下山坡子去」，除了寫景的功能外，還有點出人物內心的慾望流動之意。

【注釋】

1. 虛應個景兒：應付敷衍，來湊個熱鬧。
2. 星星之火，可以燎原：小火點可以引起燎原大火。比喻小事能釀成大禍。
3. 摧枯拉朽：比喻摧毀虛弱勢力極為容易。

金色：金子的力量

在〈金鎖記〉中，主角曹七巧的家原本是開麻油店的，她為了錢，嫁給了身有殘疾的姜家二少爺，從此注定沒有正常的婚姻生活，也無法體驗真正的男女情愛，她是嫁給了錢。張愛玲形容七巧「戴著黃金的枷」，除此之外，也用姜家的灰塵和七巧的耳環，加強金子的力量對七巧的影響：

敝舊的太陽瀰漫在空氣裡像金的灰塵[1]，微微嗆人的金灰，揉進眼睛裡去，昏昏的。

姜家在小說中象徵財富，就連姜家的空氣也像金子，金色的灰塵揉進七巧的眼睛裡，「昏昏的」，很貼切的形容七巧「見錢眼開」、利欲薰心的模樣。

她睜著眼直勾勾朝前望著[2]，耳朵上的實心小金墜子像兩隻銅釘把她釘在門上——玻璃匣子裡蝴蝶的標本，鮮豔而悽愴[3]。

七巧人生的目標就是得到二房的財產，為了這個，她等於放棄追求人生更美好的事物，就像一隻被金子釘死的蝴蝶標本，失去了生命力，徒留下美麗的軀殼。「金

色」在這篇小說中，象徵的是禁錮著七巧的重要關鍵。

【注釋】

1. 敝舊：敝，破的，舊的。舊，不新的，古老的，從前的。
2. 直勾勾：形容目光緊盯著不動。
3. 悽愴：淒涼悲傷。

紅與白：無法並存

在〈紅玫瑰與白玫瑰〉中，紅色與白色分別象徵王嬌蕊與孟煙鸝這兩位女性，「紅玫瑰」嬌蕊是佟振保的情人，「白玫瑰」煙鸝是他的妻子。振保是矛盾的人，他一方面嚮往熱情的愛人，但一方面，心中又存有主流社會的愛情婚姻觀念，想娶一個中規中矩的妻子，於是張愛玲就用紅色與白色，分別道出他的想望：

也許每一個男子全都有過這樣的兩個女人，至少兩個。娶了紅玫瑰，久而久之，紅的變了牆上的一抹蚊子血，白的還是「床前明月光」；娶了白玫瑰，白的便是衣服上沾的一粒飯黏子，紅的卻是心口上一顆硃砂痣[1]。

主流價值對妻子角色的設想，就是規矩的在家中相夫教子，這是「賢德」，但是反過來想，既然「賢德」，就很難製造婚姻中的情趣。如果娶了善於製造情趣的妻子，又要擔心她太背離主流價值，會讓人說閒話。正所謂「魚與熊掌不能兼得」，紅與白無法並存在同一個女人身上，振保注定要對婚姻失望。

張愛玲對色彩有著敏銳的觀察和天馬行空的想像力，色彩在她的妙筆生花下，都蘊含了深刻的隱喻。讓我們向張愛玲學習，為文字染上色彩吧！

【注釋】

1. 硃砂痣：生在皮膚上的紅痣。

【3分鐘說故事】幸福的顏色

幸福的顏色是暖暖的黃色。當我留在學校夜讀晚歸時，遠遠的看見家中窗戶透出了閃爍的燈光，那淡淡的、黃澄澄的光，正是媽媽對我的牽掛，同時那白色的光暈，也正象徵家的溫暖和對我的關懷。家，就像一座燈塔，極力地想照亮我回家的路。我想像放在那盞燈旁邊的，是媽媽為我煮的一碗紅豆湯，在燈光下，紅色中略帶著黃，這不就是幸福的顏色嗎？也許這盞燈沒有霓虹燈的華麗，卻有著家的溫暖。

想到這，我加快腳步，開心的迎向微笑的母親。

寫作分析：

對主角來說，有兩種顏色象徵著幸福：一個是黃色的燈光，代表溫暖的家，家人正在家中等待晚歸的主角，告訴我們有人等，是一件幸福的事。另一個是媽媽煮的紅豆湯的顏色，代表媽媽的關心與愛護，為晚歸的孩子煮宵夜，是最珍貴的情感表現。這兩種顏色構成了一個幸福的生活風景。

【實戰寫作演練】

請參考張愛玲小說中的例子和〈幸福的顏色〉，針對**色彩**進行描述，並寫成一篇**兩百字以內**的短文：

1.選一、兩個自己喜歡的**色彩**，將它們的**特性**說明清楚。

2.將這些色彩賦予**象徵**意義，要與**幸福**有關。

3.想一個**生活上**的小事件，構思要將**色彩**用在什麼地方。

4. 請將上面的寫作材料整理好，寫成一篇**兩百字以內**的短文。

28 魯迅〈藥〉的心理描寫課：小栓的血饅頭

【故事課】

寫作，就是一個不斷在釋放暗示給讀者的過程。就像探索和尋寶能吸引我們的注意，讓人維持高度的樂趣；暗示，也具有同樣的效果。

運用心理描寫，最好多用間接的暗示，讓讀者自行意會，看出人物的內心，閱讀時才能享受挖寶的樂趣。

【讀經典故事】

現代・魯迅〈藥〉節錄

1. 小栓的病況

老栓走到家[1]，店面早經收拾乾淨，一排一排的茶桌，滑溜溜的發光。但是沒有客人；只有小栓坐在裡排的桌前吃飯，大粒的汗，從額上滾下，夾襖也貼住了脊心[2]，兩塊肩胛骨高高凸出，印成一個陽文的「八」字[3]。老栓見這樣子，不免皺一皺展開的眉心。

2. 用血饅頭做藥

華大媽便出去了[4]，不多時，拏著一片老荷葉回來[5]，攤在桌上。老栓也打開燈籠罩，用荷葉重新包了那紅的饅頭。小栓也喫完飯，他的母親慌忙說：「小栓——你坐著，不要到這裡來。」一面整頓了竈火[6]，老栓便把一個碧綠的包，一個紅紅白白的破燈籠，一同塞在竈裡；一陣紅黑的火焰過去時，店屋裡散滿了一種奇怪的香味。

3. 小栓吃藥

「小栓進來吧！」華大媽叫小栓進了裡面的屋子，中間放好一條凳，小栓坐了。他的母親端過一碟烏黑的圓東西，輕輕說：「喫下去罷，——病便好了。」

小栓撮起這黑東西，看了一會，似乎拿著自己的性命一般，心裡說不出的奇怪。十分小心的拗開了[7]，焦皮裡面竄出一道白氣，白氣散了，是兩半個白麵的饅頭。——不多工夫，已經全在肚裡了，卻全忘了什麼味；面前只剩下一張空盤。他的旁邊，一面立著他的父親，一面立著他的母親，兩人的眼光，都彷彿要在他身上注進什麼又要取出什麼似的；便禁不住心跳起來，按著胸膛，又是一陣咳嗽。

【注釋】

1. 老栓：華老栓，小栓的父親，為小栓取人血饅頭治病。
2. 夾襖：雙層的上衣。脊心：脊椎。
3. 陽文：印章及器物上所刻筆畫凸起的文字。
4. 華大媽：小栓的母親。
5. 拏：同「拿」。
6. 竈：音造，「灶」的異體字。
7. 拗：音襖，折。

【引導式閱讀理解】

在清末民初的亂世裡，學醫出身的魯迅曾說，想利用小說的力量來改善社會，而〈藥〉正是這樣的一篇作品。

故事說，革命人士夏瑜為了救國流血犧牲，卻得不到人們的理解，結果他的鮮血被沾在饅頭上，讓無知迷信的華老栓買去醫治小栓的癆病，揭露了統治者對人民

的壓迫。作者在故事中運用了許多出色的心理描寫，以突出主題。

每個人的內心深處都渴望被瞭解，正如花朵需要陽光的照射。**在閱讀時，認識人物的內心，才算真正的認識他；同樣的，寫作時也要藉助心理描寫，讓讀者更深入的認識人物。**描寫心理，就是將人物的內心藉由各種方式呈現出來。

我們就從〈藥〉這篇小說中舉幾個例子，來看魯迅高超的寫作技巧：

直接描寫以道出感受

直接寫出人物的內心感受。比如小栓在吃血饅頭前：「小栓撮起這黑東西，看了一會，似乎拏著自己的性命一般，心裡說不出的奇怪。」他的舉動告訴我們，他懷疑吃下血饅頭真的能治病嗎？這等荒謬的事對他來說，自然感到奇怪。後來，他吃完了又咳嗽，則是暗示我們血饅頭無效。

透過行動反映內心

這是透過人物的動作來表現內心。比如描述小栓吃血饅頭的動作：「十分小心的拗開了，焦皮裡面竄出一道白氣，白氣散了，是兩半個白麵的饅頭。——不多工夫，已經全在肚裡了，卻全忘了什麼味；面前只剩下一張空盤。」

我們想像那道「白氣」瞬間就消失了，就像它的療效一樣空虛。小栓對「血饅頭治病」這件事半信半疑，「十分小心」是有一點點相信，但是吃了卻對味道沒印象，面前只剩下「空盤」，說明了他內心對療效不太信任。

透過情態映照心理

這是從人物的神情來反映心理。比如華老栓夫婦看著兒子吃血饅頭時的眼光：「兩人的眼光，都彷佛要在他身上注進什麼又要取出什麼似的。」其中「注進什麼」，是寫夫妻倆的期望，希望灌注給兒子生命力；「取出甚麼」，是指消除疾病，反映他們對兒子的愛，以及相信偏方能治病的愚昧。

透過形象窺見內在

從人物的形象描寫，可以窺見他的內在。血饅頭的血，是來自刑場犯人的血，劊子手康大叔經常利用冤死者的血來賺取外快。

作者描述康大叔的樣貌：「突然闖進一個滿臉橫肉的人，披一件玄色布衫，散著鈕扣，用很寬的玄色腰帶，胡亂綑在腰間。」從康大叔「滿臉橫肉」以及衣衫不整的模樣，讓我們窺見這個以殺人為業、販賣血饅頭牟利的人凶殘的心理。

透過獨白抒發情感

獨白，指人物獨自抒發個人情感和願望的話。從故事中得知，血饅頭的血來自革命人士夏瑜，他母親夏四奶奶在祭拜他時禱念：「瑜兒，他們都冤枉了你，你還是忘不了，傷心不過，今天特意顯點靈，要我知道嗎？——瑜兒，可憐他們坑了你，他們將來總有報應，天都知道；你閉了眼睛就是了。」

從夏四奶奶的獨白中，讓我們看見一位老母親的哀傷，更告訴我們，一般人民並無法理解革命人士的作為，即使親如夏四奶奶，也不明白兒子從事救國革命的意義。使人不禁感嘆，夏瑜的血是不是白流了？

透過語言呈現思想

語言能夠忠實反映人物的內心。比如康大叔描述牢頭「紅眼睛阿義」在獄中折磨夏瑜：「紅眼睛原知道他家裡只有一個老娘，可是沒有料到他竟會那麼窮，榨不出一點油水，已經氣破肚皮了。他還要老虎頭上搔癢，便給他兩個嘴巴！」從康大叔的話可以得知，他將折磨、壓榨犯人視為理所當然。

透過景物呼應人物

景物與人物的內心世界互相呼應。比如寫華老栓買到這包血饅頭後，心裡湧現了希望：「他現在要將這包裹的新的生命，移植到他家裡，收穫許多幸福。太陽也出來了；在他面前，顯出一條大道，直到他家中。」這段充滿畫面和希望的文字，

著實讓早已知道偏方無效的讀者們，感到可悲、可憫。

讓我們模仿魯迅的寫法，針對某個人物描寫他的心理。現在就來試試看！

【3分鐘說故事】吃相

卓柏拉普拉開始狼吞虎嚥，毫不遮掩吃相。他嚼東西時發出很大的聲響，嘴裡翻來覆去地嚼個不停，咂咂有聲——那是被搗爛如泥的食物榨出的汁液與空氣來回拌攪後發出來的。他側著腦袋，將每根指頭澈澈底底舔過，連指間縫隙也不放過地舔，一路蜿蜒舔上手臂，同時用前排的尖牙啃指甲，活像一條鬧飢荒的狗，什麼食物似乎都能在他的齒間與指間迴旋，很好吃的樣子。

寫作分析：

在寫作前，可以學著扮演福爾摩斯偵探，從一個人的吃相中，觀察到細微的蛛絲馬跡：比如我們從主角的「毫不遮掩」，可以理解到他不在乎別人的感受。他那有如老狗般迫不及待、連一點食物殘渣都不放過的吃法，訴說貪婪的本性。這段文字描述的所有動作都說明了，這是一個帶著危險性、粗魯而貪婪的人。

【實戰寫作演練】

請參考〈小栓的血饅頭〉和〈吃相〉，描寫某個人物的**心理**，並寫成一篇**兩百字以內**的短文：

1. 設定好故事的**主角**，簡述他的**外型**、**性格**和**身分**。

2.你希望利用什麼**事件**，表現這個主角的**心理**？

3.參考前文的**七種技巧**，選其中一、兩種來運用，寫出人物的**心理**。

4.請將上面的寫作材料整理好，寫成一篇**兩百字以內**的短文。

29 魯迅〈孔乙己〉的對比手法課：孔乙己的墮落

【故事課】

對比無處不在，無論是形狀、顏色或質感，每樣事物都有相對存在的面向，人物也是。

當這些人、事、物被擺放在一起，經常能創造吸引人注意的衝突感，碰撞出令人驚喜的火花！

如果，你想讓你的讀者對故事有強烈的感受，學習在故事中製造對比，就是寫故事的基本功。

現代．魯迅〈孔乙己〉節錄

1. 酒店裡的客人們

魯鎮的酒店的格局，是和別處不同的：都是當街一個曲尺形的大櫃台，櫃裡面豫備著熱水[1]，可以隨時溫酒。做工的人，傍午傍晚散了工，每每花四文銅錢，買一碗酒，——這是二十多年前的事，現在每碗要漲到十文，——靠櫃外站著，熱熱的喝了休息；倘肯多花一文，便可以買一碟鹽煮筍，或者茴香豆[2]，做下酒物了，如果出到十幾文，那就能買一樣葷菜，但這些顧客，多是短衣幫[3]，大抵沒有這樣闊綽。只有穿長衫的[4]，才踱進店面隔壁的房子裡，要酒要菜，慢慢地坐喝。

2. 孔乙己登場

孔乙己是站著喝酒而穿長衫的唯一的人。他身材很高大；青白臉色，皺紋間時常夾些傷痕；一部亂蓬蓬的花白的鬍子，穿的雖然是長衫，可是又髒又破，似乎十多年沒有補，也沒有洗。他對人說話，總是滿口之乎者也，教人半懂不懂的。因為他姓孔，別人便從描紅紙上的「上大人孔乙己」這半懂不懂的話裡[5]，替他取下一個綽號，叫作孔乙己。……聽人家背地裡談論，孔乙己原來也讀過書，但終于沒有進學，又不會營生；于是越過越窮，弄到將要討飯了。幸而寫得一筆好字，便替人家鈔鈔書，換一碗飯喫。

3. 窮途末路的書生

那孔乙己便在櫃台下對了門檻坐著。他臉上黑而且瘦，已經不成樣子；穿一件破夾襖，盤著兩腿，下面墊一個蒲包[6]，用草繩在肩

上掛住；……他從破衣袋裡摸出四文大錢，放在我手裡[7]，見他滿手是泥，原來他便用這手走來的。不一會，他喝完酒，便又在旁人的說笑聲中，坐著用這手慢慢走去了。

【註解】

1. 豫備：事先準備，同「預備」。
2. 茴：音回。指茴香，是一種植物。
3. 短衣幫：穿短衫的工人階層。
4. 長衫：過得比較好的讀書人階層。
5. 上大人孔乙己：最初用於學童習字、仿影或描紅。清初褚人獲在《堅瓠集》中說：「小兒習字，必令書『上大人，丘乙己……』」等類似《三字經》的語句。後清代改丘為孔，直至民國，就成了「孔乙己」。
6. 蒲包：香蒲葉所編成的用具，可以裝東西。
7. 我：咸亨酒店的小伙計。

8. 服辯：認罪狀、悔過書。
9. 打折了腿：打斷腿。

【引導式閱讀理解】

企圖寫小說救國的文學大師魯迅，塑造孔乙己這樣落魄窮困的舊式讀書人形象，主要在揭露當時人們錯誤的價值觀、科舉教育的遺害以及人心的冷漠。

故事描述孔乙己是一個沒有考上秀才的讀書人，缺乏謀生能力，只會「『茴』下面的『回』字有幾種寫法」之類無用的「知識」。不得志使他喪失了做人的尊嚴，淪落為酒店裡眾人嘲笑的對象，後來還被打斷了腿，下場悽慘。

作者大量運用對比的手法，突顯主題，也蘊含著諷刺。**對比**，**就是將兩種差異很大的觀念或事物放在一起**，**互相比較對照**，**使它們的特徵更明顯**。就像我們上大賣場購物，總是要比較過價格、品質、功能以後，才知道每件商品的特色和缺失。現在就舉幾個例子，來看「對比」在故事裡的運用：

階層的對比，分上、中、下

故事一開始，作者就用穿著短衣、長衫和他們各自在消費力、飲食的不同方式，將酒店的客人區分為三種階層。最低階的是工人階層的短衣幫，只能「花四文錢買一碗酒」，或多花一文買下酒物，靠在櫃檯外**站著**吃喝。

比較高階的是混得好的讀書人長衫幫，能「出十幾文買一樣葷菜」，**坐**在隔壁屋子吃喝。這些描述突顯了孔乙己的特殊之處：他的消費力跟短衣幫一樣低，也站著喝酒，但穿著破長衫，臉上常帶著傷痕，顯然經常被人欺侮。他代表的是介於短衣幫與長衫幫之間，那種混得不好、落魄的下層讀書人。

讀書人的對比，以得志分勝負

故事又透過丁舉人與孔乙己的對比，突顯在科舉制度的競爭下，「成者為王，敗者為寇」的差異。特別的是，這段對比是透過酒客們的議論來呈現的。

故事說孔乙己好久沒有出現在酒店了，一個酒客說：「他怎麼會來？……他打折了腿了。」「他總仍舊是偷，這一回，是自己發昏，竟偷到丁舉人家裡去了。他家的東西，偷得的麼？」「先寫服辯[8]，後來是打，打了大半夜，再打折了腿[9]。」

從對話中，我們知道得志的丁舉人對付孔乙己的手段十分凶殘，這個角色是用來對比性格迂腐、無害，而且「不善營生」的孔乙己；同時，也對比出人們對於這兩個讀書人有截然不同的態度，突顯人們的勢利與現實。

自己的對比，形象有別

孔乙己初登場的時候是這樣：「青白臉色，皺紋間時常夾些傷痕；一部亂蓬蓬的花白的鬍子，穿的雖然是長衫，可是又髒又破，似乎十多年沒有補，也沒有洗。」這時的他雖然模樣落魄，但精神氣色不會太差。

後來孔乙己被丁舉人打折了腿，成為殘障，用「手」走到酒店時，就變成：「他臉上黑而且瘦，已經不成樣子；穿一件破夾襖，盤著兩腿，下面墊一個蒲包，用草繩在肩上掛住……」他喝酒的位置變成：「在櫃台下對了門檻坐著。」境遇比短衣幫還要不如，這些描述都突顯他的窮途末路——即將走上死亡。

透過深入的閱讀，我們理解了〈孔乙己〉中出神入化的對比藝術，同時對於人物形象的理解和故事主題的把握，將更為深刻和明確。接著，我們參考這三種方法，任選某個人、事、物進行對比的寫作練習。現在，就讓我們開始吧！

【3分鐘說故事】靜的魅力

在這片空蕩蕩的山林中，循著綠苔石階，我的身後像關上了門，將塵世的所有噪音關在門外，只留下靜謐。我遊目四顧，看不見人的蹤跡，在這一片空山靈地裡，落葉無聲，天地間似乎只存在著自己。這時，隱隱約約傳來人們的笑語聲，一開始像營營的蚊鳴，後來漸漸大聲起來，也許是一群和我一樣的登山客，他們的語聲斷斷續續飄揚在空寂幽深的山林間，是對這寂靜世界的小小抵抗。

寫作分析：

這段對山林的描寫，是採用**動靜對比**的方式。先寫山林的幽靜，接著帶出「人語聲」，藉著聲音製造動態感，與前面山林的幽靜作對比，這種「靜中有動、動中有靜」，動、靜交替著寫的方式，可以分別突顯各自的動、靜之美。**當你在書寫寂靜的環境時，不要忘了用一點動態的事物點綴，將使寂靜的氛圍更加鮮明**。

【實戰寫作演練】

請參考〈孔乙己的墮落〉和〈靜的魅力〉，運用**對比**的筆法，寫成一篇**兩百字以內**的短文：

1. 以「**人物**、**事物**」其中一樣為主角，描寫它的**特點**。

2.設定另一個**相對的**人物或事物，描寫它的**特點**。

3.你希望這兩個人物或事物經過**對比**後，能突顯什麼**主題**？

4.請將上面的寫作材料整理好，寫成一篇**兩百字以內**的短文。

30 魯迅〈狂人日記〉的隱喻課：狂人之眼

【故事課】

如果在說故事時，刻意把理念隱藏起來，就會讓閱讀變成一種尋覓與解讀的過程。

讓隱喻上場，只透露一點點線索，讀者就能循跡將故事要傳達的理念挖掘出來。

只有讓讀者靠自己的聰明才智，發現故事中的智慧，這樣的作品，才最令人心醉神迷。

【讀經典故事】

現代・魯迅〈狂人日記〉節錄

1. 點出故事的主題

凡事總須研究，纔會明白，古來時常喫人，我也還記得，可是不甚清楚。我翻開歷史一查，這歷史沒有年代，歪歪斜斜的每葉上都寫著「仁義道德」幾個字[1]。我橫豎睡不著[2]，仔細看了半夜，才從字縫裡看出字來，滿本都寫著兩個字是「喫人」[3]！

2. 趙貴翁的詭異眼色

早上小心出門，趙貴翁的眼色便怪：似乎怕我，似乎想害我。還有七八個人，交頭接耳的議論我，又怕我看見。一路上的人，都

是如此。其中最兇的一個人，張著嘴，對我笑了一笑；我便從頭直冷到腳跟，曉得他們布置，都已妥當了。

3. 大哥也吃人？

至于我家大哥，也毫不冤枉他。他對我講書的時候，親口說過可以「易子而食」[4]；又一回偶然議論起一個不好的人，他便說不但該殺，還當「食肉寢皮」[5]。我那時年紀還小，心跳了好半天。前天狼子村佃戶來說吃心肝的事[6]，他也毫不奇怪，不住的點頭。可見心思是同從前一樣狠。既然可以「易子而食」，便什麼都易得，什麼人都喫得。我從前單聽他講道理，也糊塗過去；現在曉得他講道理的時候，不但脣邊還抹著人油，而且心裡滿裝著喫人的意思。

4. 何先生來看病

我大哥引了一個老頭子，慢慢走來；他滿眼兇光，怕我看出，只是低頭向著地，從眼鏡橫邊暗暗看我。大哥說：「今天你彷彿很好。」我說：「是的。」大哥說：「今天請何先生來，給你診一診。」我說：「可以！」其實我豈不知道這老頭子是劊子手扮的！無非借了看脈這名目[7]，揣一揣肥瘠[8]：因這功勞，也分一片肉喫。我也不怕；雖然不喫人，膽子卻比他們還壯。伸出兩個拳頭，看他如何下手。老頭子坐著，閉了眼睛，摸了好一會，呆了好一會；便張開他鬼眼睛說：「不要亂想。靜靜的養幾天，就好了。」

【注釋】

1. 葉：同「頁」。
2. 橫豎：反正，無論如何。

3. 喫：同「吃」。
4. 易子而食：相傳春秋時期，宋國殺了楚國過境的使臣申舟，楚莊王出兵攻打宋國，圍困宋國首都半年之久。宋國人害怕，於是宋王派華元單獨潛入楚國挾持元帥子反，說宋國人就是易子而食、析骸而炊，也不投降。
5. 食肉寢皮：形容痛恨到極點，恨不得吃對方的肉、睡對方的皮。
6. 佃戶：靠租他人的土地耕種，按期繳納租金的農家。佃，音店。
7. 看脈：把脈，從脈搏的動態判定病情。
8. 揣一揣肥脊：估量一下肥瘦的意思。
9. 割股療親：出自《二十四孝》。指割下自己大腿的肉來為父母治病。
10. 徐錫林：指徐錫麟（西元一八七三～一九〇七年），清末革命家，以反清為志業。清光緒三十三年（一九〇七年）七月六日發動安慶起義，與清軍激戰四小時，最後寡不敵眾，被逮捕處死。

【引導式閱讀理解】

〈狂人日記〉是中國第一篇現代白話小說，從「狂人」的視角揭露了傳統禮教「吃人」的現象。主角「狂人」罹患了妄想症，他在日記中記載的所見所聞，揭露了傳統社會裡的家族制度，和禮教對人心的毒害。

同時，作者魯迅指出，歷史書總是寫著「仁義道德」，但字裡行間卻都寫滿了「吃人」兩個字，並且舉了易牙蒸子等例子。最後，日記寫道：「沒有吃過人的孩子，或者還有？」從教育的角度出發，喊出「救救孩子」的口號。

「禮教」是古代的倫理傳統，流傳至今，有許多觀念早已過時了。在〈狂人日記〉的故事中，「吃人」作為一種象徵，代表人們受到禮教和陋俗的壓迫，往往像被吞噬了一樣，行為喪失人性而造成不幸，而且這個壓迫是透過教育一代傳一代的。故事中採用大量的**隱喻**手法，讓禮教的黑暗面一一現形。

我們就透過閱讀故事中的例子，來向魯迅學習隱喻的藝術：

主題的隱喻：禮教吃人

關於〈狂人日記〉的主題思想，魯迅明確的指出，是為了揭露和批判傳統禮教對人性的摧殘，所以小說在狂人的「瘋話」中夾帶大量的隱喻。

比如說，故事中提到「歷史」寫滿了「仁義道德」，指的就是「易子而食」、「割

股療親」這類事件[9]。而且「這歷史沒有年代」，表示不斷有類似的事發生，人們在這種「仁義道德」的要求下，會做出許多違反人性的事情。

趙貴翁的隱喻：受毒害的群眾

「趙貴翁」是故事最早出現的人物，小說中對他的描寫是：「早上小心出門，趙貴翁的眼色便怪：似乎怕我，似乎想害我。」為什麼狂人認為趙貴翁想害他？原因是：「我同趙貴翁有什麼讎，同路上的人又有什麼讎；只有廿年以前，把古九先生的陳年流水簿子，踹了一腳，古九先生很不高興。」

「古九先生」是「古舊」，也就是傳統思想的意思；「踹了一腳」指狂人對傳統思想的蔑視，他與趙貴翁的「仇」，就是因為他們在思想觀念上有所牴觸。趙貴翁是「群眾」的代表，暗喻那些深受傳統禮教毒害，卻不自知的人民，他們還一起壓迫別人。而狂人則是蔑視和反抗傳統禮教的一方。

狂人的隱喻：清醒的先知

「狂人」被設定為精神病患，在故事中，他一共提到了七個「吃人」的現象：狼子村佃戶被大家打死，「幾個人便挖出他的心肝來，用油煎炒了喫」；李時珍做的醫書，「明明寫著人肉可以煎吃」；從歷史上記載的「易子而食」，「一直喫到徐錫林」[10]；「割股療親」的說法；人血饅頭的事件；食肉寢皮的行為等等。

說到底，狂人並不狂，他是最清醒的人，因而能夠從歷史與現實世界當中，看見傳統禮教的弊害。

大哥的隱喻：親情的淡薄

大哥的角色，設定為家庭中的掌權者、大家長，當所有家人對狂人忽視、厭惡，只有大哥對狂人的態度不同：「我還記得大哥教我做論。」大哥是友善的，也是保護者。然而在狂人的眼中，大哥也會「吃人」。從故事可知，大哥相當的傳統守舊，對狂人來說，大哥簡直滿腦子都是吃人的舊禮教思想。

大哥蘊含的隱喻意義相當微妙，身為傳統家族的代表，他只能在不違反禮教的前提下維護狂人弟弟；可是一旦狂人違反禮教，大哥就會毫不猶豫的「吃」他，這裡諷刺「大義滅親」的荒謬，也諷刺了傳統禮教下親情的淡薄。

何先生的隱喻：吃人的幫凶

後來大哥請了醫生「何先生」來為狂人治病，但狂人認為醫生也是「吃人」的共犯。在故事中，何先生的形象是：「他滿眼兇光，怕我看出，只是低頭向著地，從眼鏡橫邊暗暗看我。」「其實我豈不知這老頭子是劊子手扮的！」

狂人之所以認為何先生「吃人」，是因為醫生是救死扶傷的職業，有崇高的地位，但他們也容易宣揚傳統禮教和不正確的醫療觀念。比如醫書上記載「人肉可以煎喫」，倘若醫生使用或宣揚這些觀念，就會成為「吃人」的幫凶。

解讀完這些例子後，我們也運用隱喻手法來寫一段。現在，先選擇某個人、事、物，再想好你所要隱喻的意念，試著寫寫看吧！

婆婆來了，我迎上前打招呼。

婆婆看看陽台上晾著的衣服，問：「怎麼衣服這麼皺？」我答：「你兒子晾的。」婆婆睜大眼：「我家的男人從來都不用做家事！」我沉默了。婆婆又道：「從前我婆婆也要我擔起家事！」我瞪眼看她，心想：可憐哪，她以前被人「吃」，現在又要來「吃」我，這可不就一代接一代的吃下去，吃個不完麼？

寫作分析：

利用狂人的邏輯，創造了「狂人媳婦」，她是一個能看清「舊禮教吃人」的角色。現代夫妻講究分工合作，家事不再由妻子一肩挑，但婆婆仍然是舊思維，她從前就是被這麼教育的，現在就想將舊思維套用在現代的媳婦身上。如果人的思維不進化，女性將一代代的陷困在做不完的家事裡，無法擁有獨立的自我。

【實戰寫作演練】

請參考〈狂人之眼〉和〈狂人媳婦〉，運用**隱喻**創造一個狂人的角色，以揭露舊禮教的弊病，寫成一篇**兩百字以內**的短文：

1. 設定一個**主角**扮演「狂人」，寫下他想要**反抗**的舊禮教思想。

2. 設定一個**配角**，讓他站在「吃人」的立場壓迫主角，描述他的傳統價值觀。

3. 請構思一個**事件**作為故事的背景，讓這兩個角色**產生衝突**。

4. 請將上面的寫作材料整理好，寫成一篇**兩百字以內**的短文。

Magic 26

閱讀素養即戰力

跨越古今文學，提升閱讀與寫作力的30堂故事課

作　　者　高詩佳
總 編 輯　初安民
責任編輯　陳健瑜
美術編輯　林麗華　陳淑美
校　　對　潘貞仁　陳健瑜　高詩佳

發 行 人　張書銘
出　　版　INK印刻文學生活雜誌出版股份有限公司
新北市中和區建一路249號8樓
電話：02-22281626
傳眞：02-22281598
e-mail：ink.book@msa.hinet.net
網　　址　舒讀網http：//www.inksudu.com.tw

法律顧問　巨鼎博達法律事務所
施竣中律師
總 代 理　成陽出版股份有限公司
電話：03-3589000（代表號）
傳眞：03-3556521
郵政劃撥　19785090 印刻文學生活雜誌出版股份有限公司
印　　刷　海王印刷事業股份有限公司

港澳總經銷　泛華發行代理有限公司
地　　址　香港新界將軍澳工業邨駿昌街7號2樓
電　　話　(852) 2798 2220
傳　　眞　(852) 2796 5471
網　　址　www.gccd.com.hk

出版日期　2021年7月　初版
ISBN　978-986-387-403-4

定　價　390元

Copyright © 2021 by Kao Shin-Chia
Published by INK Literary Monthly Publishing Co., Ltd.
All Rights Reserved
Printed in Taiwan

國家圖書館出版品預行編目資料

閱讀素養即戰力：跨越古今文學,提升閱讀與寫作力的30堂故事課／
高詩佳 著.－－初版，－－新北市中和區：INK印刻文學,
2021.06　面；17 × 23公分（Magic；26）
ISBN　978-986-387-403-4（平裝）
1.漢語教學 2.閱讀指導 3.寫作法
802.03　　110007043

舒讀網

版權所有・翻印必究
本書如有破損、頁或裝訂錯誤，請寄回本社更換